Las curas milagrosas del Doctor Aira

Las curas milagrosas del Doctor Aira

CÉSAR AIRA

LITERATURA RANDOM HOUSE

Primera edición en este formato: junio de 2015

Printed in Spain – Impreso en España

ISBN: 978-84-397-0154-5
Depósito legal: B-9658-2015

Compuesto en La Nueva Edimac, S. L.

Impreso en Limpergraf (Barberà del Vallès, Barcelona)

GM0154R

Penguin
Random House
Grupo Editorial

ÍNDICE

LAS CURAS MILAGROSAS DEL DOCTOR AIRA

I

Un día, al amanecer, el Doctor Aira se encontró caminando por una calle arbolada de un barrio de Buenos Aires. Sufría de una especie de sonambulismo y no se le hacía demasiado raro recuperar la conciencia de sí mismo en callecitas extrañas que en realidad conocía bien, porque todas eran iguales. Su vida era la de un caminador a medias distraído, a medias atento (a medias ausente, a medias presente), que en esas alternancias iba creando su continuidad, es decir su estilo, o en otra palabra, y cerrando el círculo, su vida; y así sería hasta que su vida llegara al final, cuando se muriera. Como ya bordeaba los cincuenta años, ese término, cercano o lejano, podía suceder en cualquier momento.

Un hermoso cedro del Líbano, en la vereda de un chalecito pretencioso, alzaba su redonda copa orgullosa en el aire gris rosado. Se detuvo a contemplarlo, transido de admiración y cariño. Le dirigió in péctore un pequeño discurso, en el que se mezclaban el elogio, la devoción (el pedido de protección) y, curiosamente, algunos rasgos descriptivos; porque había notado que la devoción con el tiempo tendía a hacerse un poco abstracta y automática. En este caso notó que la copa del árbol estaba pelada y poblada a la vez; se veía el cielo a través de ella, pero tenía hojas. Poniéndose en puntas de pie para acercar la cara a las ramas bajas (era muy miope) vio que las hojas, que eran como plumitas de un verde oliváceo, estaban a medias enroscadas sobre sí mismas; quizás las perdería más adelante; estaban a fines del otoño, y los árboles resistían penosamente.

«Yo no creo, sinceramente, que la humanidad pueda seguir mucho tiempo más por este camino. Nuestra especie ha llegado a un punto tal de predominio en el planeta que ya no debe enfrentar ninguna amenaza seria, y es como si no nos quedara más que seguir viviendo, disfrutando de lo que podamos, sin ninguna apuesta vital en juego. Y seguimos avanzando en esa dirección, asegurando lo ya seguro. En todo avance, o retroceso, por gradual que sea, se atraviesan umbrales irreversibles, y quién sabe cuáles hemos cruzado ya, o estamos cruzando en este preciso momento. Umbrales que podrían hacer reaccionar a la Naturaleza, entendiendo por Naturaleza el mecanismo regulador general de la vida. Quizás esta frivolidad a la que hemos llegado la irrite, quizás ella no puede permitirse que una especie, ni siquiera la nuestra, se libere de sus necesidades básicas de especie… Estoy personalizando abusivamente, por supuesto, hipostasiando y externalizando fuerzas que están en nosotros mismos, pero yo me entiendo de todos modos.»

¡Qué cosas para decirle a un árbol!

«Y no es que esté profetizando nada, y menos que nada catástrofes o plagas, ni siquiera de las sutiles, ¡qué va! Si mi razonamiento es correcto, los mecanismos correctivos están sucediendo dentro del bienestar y como parte de él… Pero no sé cómo.»

Había seguido caminando y ya estaba lejos del arbolito. Cada tanto se volvía a detener y clavaba la vista con gesto de profunda concentración en un punto cualquiera del vecindario que lo rodeaba. Eran unas frenadas súbitas, que duraban cosa de medio minuto, y no parecían responder a ninguna regularidad. Sólo él sabía a qué obedecían, y era improbable que alguna vez fuera a decírselo a nadie. Eran paradas de vergüenza; coincidían con el recuerdo, que emergía en las volutas de su divagación ociosa, de algún papelón. No es que se complaciera en esos recuerdos, todo lo contrario; no podía impedir que surgieran de pronto, en la marea mental. Y su aparición tenía tanto vigor que le paralizaba las piernas, lo detenía, y debía esperar un momento hasta tomar nuevo impulso y seguir su marcha. Del bochorno del pasado lo sacaba el tiempo... Ya lo había sacado, lo había traído al presente. Los papelones eran detenciones del tiempo, ahí se coagulaba todo. Eran sólo recuerdos; estaban guardados en la más inviolable de las cajas fuertes, la que ningún extraño puede abrir.

Eran pequeñas desgracias ridículas perfectamente privadas, torpezas, metidas de pata, que no le concernían más que a él; le habían quedado grabadas, como grumos de sentido en la corriente de los acontecimientos. Por algún motivo eran irreductibles. Se resistían a toda traducción, por ejemplo a un pasaje al presente. Cuando se hacían presentes, lo paralizaban en su actividad sonambúlica, que era la que las sacaba de su escondite laberíntico de pasado. Cuanto más caminaba, más probabilidad había de que pescara una, contra su voluntad. Lo cual volvía sus interminables paseos recorridas del dédalo bifurcado de su pasada juventud. Quizás había una regularidad después de todo, haciendo alguna clase de dibujo en el espacio-tiempo, con las detenciones creando una distancia vacía… Pero no podría resolver el extraño teorema si no llegaba a explicarse por qué su marcha se interrumpía cuando asomaba un recuerdo de esa naturaleza; que se quedara mirando fijo algún punto podía explicarse como un intento de disimular, como si ese punto le interesara tanto que lo obligara a detenerse. Pero la detención en sí, la relación entre papelón e inmovilidad, seguía oscura, como no recurriera a interpretaciones psicológicas. Quizás la clave estaba en la naturaleza misma de aquellos momentos embarazosos, en su esencia o común denominador. Si era así, lo que estaba actuando era la compulsión a la repetición en su aspecto más puramente formal.

Yendo más a fondo en la cuestión, estaba por supuesto el hecho de que los papelones hubieran ocurrido. A todos les pasan. Son un accidente inevitable de la sociabilidad, y el único remedio es el olvido. El único, realmente, porque el tiempo no vuelve atrás y no se puede corregirlos o borrarlos. Como en su caso no podía contar con el olvido (tenía una memoria de elefante) había recurrido a la soledad, a una casi completa enajenación de sus semejantes, así al menos se aseguraba de minimizar los efectos de su incurable torpeza, de su aturdimiento. Y el sonambulismo, en otro nivel de su conciencia y sus intenciones, debía de ir en la misma dirección; como una redención a posteriori, si era cierto que el sonámbulo actuaba con la elegancia de la perfecta eficacia.

Para ser sincero consigo mismo, debía reconocer que no se trataba sólo de papelones; aquí el común denominador se ampliaba a lo largo de una línea más bien sinuosa que no resultaba fácil seguir. O bien había que ampliar la definición del papelón: porque también podía tratarse de pequeñas villanías, mezquindades, errores de cálculo, cobardías, en fin, todo el alimento de la vergüenza íntima y retrospectiva. Y no es que se culpara (aunque una voz interior gritaba durante esos altos: «¡Qué boludo! ¡Qué boludo!»), porque reconocía su calidad de inevitables, en el momento en que habían sucedido. Al menos le quedaba el consuelo de su insignificancia, porque nunca habían sido crímenes, ni había habido más damnificados que su autoestima.

De todos modos, se había prometido que no le volverían a pasar. Para ello no necesitaba más que mantenerse atento, no precipitarse y actuar siempre según las reglas del honor y la buena educación. En su actividad de curador milagroso, un papelón podía tener consecuencias gravísimas.

En una novela los papelones se preparan con toda deliberación, con ingenio y precauciones tanto más paradójicos que resulta más llano y espontáneo escribir una escena donde todos se comportan con corrección. El Doctor Aira identificaba todo paso en falso moral, intelectual o social con un acto de violencia, que dejaba una herida en la piel eminentemente tersa de su comportamiento ideal. Era de esos hombres que no conciben la violencia. Aunque sabía que era absurdo, no podía evitar imaginarse que si él se encontrara, por ejemplo, en la caverna de los ladrones, entre los criminales más salvajes, conduciéndose de modo razonable, hablando, oyendo los argumentos ajenos y exponiendo los suyos, podría evitar la violencia. Aun cuando la situación se prestara a ella, aun cuando los ladrones lo hubieran sorprendido espiando… ¿Pero cómo lo iban a sorprender si no mediaba una intrusión previa de su parte? Y se había prometido no meterse nunca más en situaciones que pudieran resultar embarazosas. Es cierto que a esa caverna hipotética podía haber entrado por error, creyéndola vacía y desocupada; ahí intervenía la atención, que debía estar despierta siempre, sin parpadeos. Lo cual era más fácil de decir que de hacer, aunque para lograrlo había una ejercitación, una ascesis, de la que había hecho su programa de vida. Aun así, podía darse el caso milagroso de que él abriera los ojos de pronto y se encontrara en una caverna llena de mercadería robada, y antes de que tuviera tiempo de reaccionar entrara una banda de sujetos mal entrazados... Por supuesto, estaba en pleno campo de lo imaginario, de las probabilidades remotas. Y dentro de ellas, ¿qué le impedía entablar con los ladrones una conversación civilizada, hasta hacerles entender lo que había pasado, la teletransportación, el sonambulismo...? Pero en ese caso los ladrones también serían parte de la ficción, de la teoría, y su éxito persuasivo no tendría ningún valor de demostración. La realidad real estaba hecha de sangre y golpes y gritos y portazos. El glaseado de la cortesía a la larga recibía un arañazo, si no en esta línea causal de hechos, en otra, en la que salía de una bifurcación del tiempo, eso era inevitable.

Un perrazo echado en la entrada de un taller mecánico se levantó al verlo acercarse y le mostró los dientes. Se cubrió de un sudor helado instantáneo. Qué increíble desconsideración la de los dueños de esos animales, que los dejan sueltos en la vereda y responden a cualquier reclamo con el consabido «Es manso, no hace nada». Lo dicen con toda sinceridad, muy convencidos, pero no se han detenido a pensar que el resto del mundo no tiene por qué compartir esa convicción y menos frente a un manto negro del tamaño de una moto, que se le viene encima…

Su primer contacto con el mundo de la medicina paranormal había sido con perros. Durante los años de su infancia, en Coronel Pringles, una ordenanza del intendente Uthurralt había expulsado a estos animales del ejido urbano, sin excepciones ni apelaciones, a la china. Sólo el miedo (era la época de la terrible epidemia de poliomielitis) hizo que fuera obedecido, a despecho del apego que suele crearse entre amo y mascota. Además, la expulsión tenía un carácter provisional, aunque terminó prolongándose tres años y nadie debió desprenderse realmente de su animal, pues bastó con internarlos en el campo; en un pueblo que vivía de la actividad rural, a nadie le faltaba un pariente o amigo con una chacra en las inmediaciones, y allí fueron a parar los perros. El problema fue que el único veterinario de Pringles quedó apartado de sus pacientes, y si bien aceptaba (no tenía más remedio, si quería seguir trabajando) viajar a atenderlos, el trámite se hacía engorroso y caro. Lo cual era un problema para realizar las castraciones de los cachorros machos que llegaban al estadio reproductor, operaciones tanto más urgentes dadas las circunstancias. Ante la alternativa verdaderamente truculenta de ponerlos en manos de peones que sólo podían hacer una cirugía brutal, al hierro candente y sin la menor precaución aséptica, algunos se pusieron en gastos, otros cerraron los ojos, los más vacilaron… Fue la ocasión que aprovechó un fotógrafo del pueblo, al que apodaban el Loco, para poner en marcha el negocio de unas castraciones a distancia, indoloras, que fueron la sensación pringlense de la temporada. El Doctor Aira, entonces un niño de ocho años, supo del asunto por rumores, monstruosamente deformados en la cámara de ecos de su círculo infantil. En aquella época se hablaba poco de temas semejantes y menos en su familia de clase media decente; sus amiguitos, todos ellos de familias pobres debido a que vivía en un barrio de ranchos, no sufrían de esta desventaja pero la compensaban con la asombrosa ignorancia y credulidad de sus familias.

El método del Loco era de un absurdo ejemplar, pues consistía en una serie bastante larga de inyecciones de penicilina aplicadas al dueño del perro, y el animal quedaba castrado en ausencia. Al menos eso era lo que se podía reconstruir de las historias que corrían. Nunca pudo averiguar más y quizás no había nada más. Tampoco supo de modo fehaciente si alguien se había sometido al extraño tratamiento. Pero con esos datos le bastó para reinventar por su cuenta la posibilidad de la acción a distancia, de la eficacia discontinua, que creaba un nuevo continuo, entre elementos heterogéneos, y todo su paisaje mental se conformó en adelante sobre esa premisa. El método del Loco dejó de usarse (si es que se usó alguna vez en realidad) poco después, en medio de un escándalo de proporciones. Porque en una chacra cerca del pueblo nació un perro sin cabeza, un cocker spaniel cuyo cuerpo se interrumpía en el cuello, y sin embargo estaba vivo y pudo crecer hasta un estadio adulto.

Fue inevitable que la imaginación popular relacionara una cosa con otra, y el Loco, quizás él también asustado por los efectos de sus maniobras, metió violín en bolsa por el momento. El Doctor Aira no sabía qué había pasado con aquel perro; llegado el momento se habría muerto, como cualquier otro perro. Hubo mucha gente del pueblo que lo fue a ver (a él no lo llevaron). Al parecer el animal era muy vivaz: era hiperkinético, además de acéfalo. Su sistema nervioso culminaba en un bulbo en el cuello, y esa protuberancia, como una piedra de Rosetta, estaba cubierta de marcas que representaban a los ojos, la nariz, la boca, las orejas, y con esas escrituras se las arreglaba. En otras circunstancias, el hecho de que semejante monstruo fuera viable habría atraído la atención de científicos del mundo entero; se lo debería haber considerado una especie de milagro. Pero a esos milagros la gente de campo está acostumbrada; o mejor dicho, paradójicamente, estaba acostumbrada antes, en aquel entonces, cuando vivían más aislados, sin radio ni televisión ni revistas; todo su mundo era el pequeño mundo en el que vivían, y sus leyes admitían excepciones y extensiones, como las admite siempre la totalidad.

Si había pasado con un perro, ¿por qué no podía pasar con un hombre? La posibilidad, la posibilidad infinita e infinitamente fantástica, establecía los límites, siempre tan inmediatos, de la razón. Todas esas razones corteses que él se proponía usar con los ladrones en la caverna se revelaban como una de las formas, apenas, de la contigüidad de las distintas violencias locas de la vida. La razón es uno de los modos de la acción, nada más, sin ningún privilegio especial. Que él la hubiera extendido hasta que cubriera todo, como una panacea para los males de la acción, era apenas un rasgo personal suyo, muy sintomático: lo pintaba de cuerpo entero, pero lo pintaba a él solo y al engaño en que vivía. Porque esos personajes eminentemente razonables que él tanto admiraba y que tomaba de modelos (como Mariano Grondona) eran razonables sólo *pour la galerie*, se ganaban la vida con eso, pero además tenían una vida real en la que no eran razonables, o lo eran de forma intermitente y sin rigor, según las circunstancias, como tenía que ser. Para que la acción sirviera, había que salir de lo puramente razonable, que siempre sería un esquema abstracto sin verdadera utilidad práctica.

Se salía mediante el realismo. Claro que el realismo era una representación, pero, por eso mismo, cuando se constituía en un discurso completo podía volverse algo espontáneo, un modo de ser. El realismo era una desviación de lo razonable; la teoría indicaba un camino en línea recta, pero el hombre realista que sabía vivir recorría un camino oblicuo y con vueltas y curvas... cada una de esas separaciones de la línea tenía por naturaleza y motor el Mal; no importaba que fuera un Mal atenuado y sin consecuencias, su esencia seguía siendo el Mal, tenía que serlo para que la separación fuera efectiva y se produjera el realismo, y a través del realismo se pudiera ver la realidad al fin, la realidad real, tan distinta de las pálidas fantasías de la razón... Quizás ahí, en esa utilidad tan eminentemente benévola, estaba la función del Mal.

Sobre el aire de la quieta mañana de barrio se había montado la sirena de una ambulancia, que parecía apuradísima pero que también parecía andar dando vueltas, ir y venir por esas callecitas desiertas, como si no encontrara su rumbo. Es bien conocido el fenómeno físico por el que una sirena suena muy distinta cuando se acerca y cuando se aleja, aunque las distancias sean iguales. Esa diferencia le permitía reconstruir al Doctor Aira el recorrido intrincado de la ambulancia. Lo había venido haciendo sin darse cuenta de que lo hacía, absorto en otros pensamientos y recuerdos, en los últimos minutos, y ahora, con el perro lanzándose hacia él, comprendía alarmado que el sonido, con todas sus idas y venidas, había trazado la figura de un círculo que se cerraba sobre él... ¡Otra vez la ambulancia maldita, que lo perseguía en el sueño y en la vigilia, en la fantasía y en la realidad, siempre corriendo, con la sirena desatada, por el borde incierto de ambos reinos! Por suerte nunca lo alcanzaba. Como en una pesadilla, que no se consumaba, pero por ello mismo acentuaba su carácter de pesadilla, a último momento, cuando ya estaba a punto de atraparlo, él se evadía por el centro del laberinto, nunca sabía bien cómo... Era en ese instante de supremo peligro, con el terror ya rompiendo las costuras de la realidad, cuando transfería el sentimiento de amenaza a algún otro elemento, como ahora había hecho con el perro, para establecer un continuo y pasar por ese puente al reverso del mismo miedo...

La repentina escalada de la sirena al ultrasonido, acoplada con el chirrido de una frenada a centímetros de él, lo sacaron de su ensoñación. La escena se precipitaba en un presente donde no cabía el pensamiento. Por ello necesitó algunos segundos para entender que la ambulancia lo había encontrado y que no sabía qué hacer. Lo impensable había sucedido, después de todo. El perro, alcanzado en medio del salto por armónicos que sólo él podía oír, cayó dando una voltereta y empezó a girar sobre sí mismo.

Se volvió, reuniendo sus dispersos reflejos de disimulación para darle a la cara una expresión casual, de casi indiferente curiosidad. Dos jóvenes médicos estaban bajando de la ambulancia y se le acercaban (estaban a un paso, de todos modos) con gesto decidido, mientras el chofer, un negro enorme con uniforme de enfermero, salía por el otro lado y empezaba a dar la vuelta. Se paralizó, lívido y con la boca seca.

—¿El Doctor Aira? —le dijo uno de los médicos, en tono menos de pregunta que de confirmación.

Asintió brevemente con la cabeza. No valía la pena negarse. Seguía sin poder creer que la ambulancia, después de tanto tiempo, de tantos rodeos, le hubiera dado alcance. Pero estaba ahí, materializada y blanca, casi insoportable de tan real. Y a él (las palabras del médico lo probaban) lo sacaba de ese anonimato urbano con el que se ven pasar las ambulancias…

—Lo estábamos buscando desde hace rato, no sabe el trabajo que nos dio.

—En su casa —dijo el otro— nos dijeron que había salido a caminar, y nos largamos a buscarlo…

El chofer, que se reunía al grupo, intervino, jocoso:

—¡Ni por putas se nos ocurrió que había seguido derecho por esta calle!

Los otros soltaron unas risas de compromiso, apurados por ir al grano; los tres habían hablado al mismo tiempo y ya daban por terminada la charla introductoria.

—Soy el Doctor Ferreyra, encantado —dijo uno de los médicos dándole la mano, que el Doctor Aira apretó maquinalmente—. Tenemos un caso desesperado, y han pedido su intervención.

—Venga, seguimos hablando en la «salita de estar» para no perder tiempo.

Y en un instante, con una facilidad inquietante, estaban adentro de la ambulancia y el negro tras el volante, y partían como el relámpago, con la sirena ululando, árboles y casas que se deslizaban como pantallazos, rodeados de los ladridos furiosos del perro… La atención del Doctor Aira colapsaba en el exceso. Los dos jóvenes médicos hablaban todo el tiempo, alternándose o superponiénse, los ojos encendidos, las caras aniñadas y bonitas cubiertas de un sudor invisible. Los oía (demasiado) pero no registraba sus discursos, cosa que por el momento no lo preocupaba en lo más mínimo porque estaba seguro de que estaban recitando un guión aprendido, que podrían repetir tantas veces como fuera necesario; quizás ya lo estaban repitiendo. Lo primero que se preguntó, cuando pudo volver a pensar, fue por qué se había dejado meter en este vehículo. Se justificó diciendo que era lo más simple, lo que más problemas le evitaba. Ahora sólo tenía que bajarse y volver a su casa; no iban a llevar demasiado lejos esta mascarada, porque pasaría a ser un secuestro y tendrían problemas con la policía. Su única preocupación ahora (y no presentaba escollos insuperables) era resistir a sus pedidos y sugerencias, negarse a todo.

Cuando algún accidente repentino lo sacaba de sus esquemas, caía en un aturdimiento completo; como le pasaba con bastante frecuencia, había ideado un remedio, y confeccionó un pequeño kit de recuperación, que llevaba siempre en el bolsillo. La teoría que presidía este recurso era devolverle el uso de los sentidos, uno por uno, con la seguridad de que, una vez recuperada la conciencia de los sentidos, las ideas se reordenarían por sí solas. El kit consistía en: una ampolla de perfume francés, cuya tapa de goma tenía una espiga metida en el líquido que al sacarse podía frotar contra las fosas nasales; una campanita de plata del tamaño de un dedal, con manija de madera; un idolillo en forma de osito, de piel de conejo y gorra de terciopelo, para frotar la punta de los dedos; un dado de cuarzo con puntos de colores fosforescentes, eran veintiún puntos, con otros tantos colores; y una pastilla de menta. Estaba tan práctico que podía hacer uso de todo el dispositivo en unos segundos. Lo llevaba en una cajita de lata en el bolsillo del saco. Pero debía hacerlo a escondidas, cosa que era imposible en esta ocasión, así que lo dejó en el bolsillo. Además, no necesitaba recuperar ningún nivel especial de lucidez, todo lo contrario. Sabía que tenía una tendencia a pensar demasiado y podía llegar a caer en sus propias trampas.

La trampa se la estaban poniendo. Sólo debía salir de ella. La trampa consistía en hacerlo pensar, hasta que se convenciera de que no era una trampa.

—Perdón, yo todavía no me presenté —dijo el otro médico—. Soy el Doctor Bianchi.

Se dieron la mano, sin necesidad de estirar los brazos, tan apretados estaban sentados en las banquetas plegables de la parte trasera de la ambulancia.

Eso le indicó que estaban dispuestos a recomenzar las explicaciones, ahora con la ventaja de simular que estaban redondeando detalles que habían quedado oscuros o ambiguos. Y, efectivamente, de lo que siguió el Doctor Aira pudo captar la palabra «Piñero», que había estado esperando sin saberlo. Toda la persecución de la que eran objeto su persona y su arte tenía por cerebro al tenebroso Doctor Actyn, jefe de internos del Hospital Piñero. De ahí partían todos los ataques y celadas, y ahí conducían, al viejo hospital del Bajo de Flores.

Muy bien, ¿de qué se trataba esta vez? ¿Y de qué se iba a tratar? Se lo sabía de memoria: un enfermo terminal, el fracaso de los tratamientos convencionales, la angustia de la familia… El espectro temático era tan limitado… ¡Siempre lo mismo! Las viejas miserias, tanto más deprimentes cuando se las sacaba de su marco de verdad absoluta, de juego a todo o nada… Porque un médico, a diferencia de su paciente, siempre podía probar otra vez, aun cuando no fuera una ficción, como seguramente lo era aquí. La posibilidad de que fuera una mentira contaminaba la verdad en la que se basaba, el verosímil mismo.

Una cortinilla dividía longitudinalmente la ambulancia. La corrieron: ahí estaba el paciente, amarrado en la camilla. ¡De modo que lo habían traído! ¡Estos miserables no se detenían ante nada! «En la guerra, todo vale», debía de pensar Actyn.

Los dos médicos se inclinaron sobre él, con una preocupación tan intensa, tan profesional, que se olvidaban del Doctor Aira; controlaban el suero, el iris, los monitores de presión, la actividad eléctrica cerebral, el respirador magnético. La ambulancia era una de las nuevas unidades móviles de terapia intensiva. El enfermo era un hombre de unos cuarenta y cinco años, que evidentemente había recibido terapia de radiaciones porque tenía calva la mitad izquierda del cráneo, y la oreja de ese lado había mutado. Casi podía pensarse que era auténtico... Pero no debía pensar. Desvió la mirada a la ventanilla. Habían seguido derecho, por la misma calle donde lo encontraron, siempre muy rápido y con la sirena a todo volumen, atravesaban las bocacalles como una flecha, una, otra, otra... ¿Dónde estarían ya? Las casas, que huían como exhalaciones hacia atrás, eran todas bajas y humildes, de suburbio pobre. Parecían seguir acelerando sin pausa.

Volvió a prestar atención, porque le estaban hablando. Le esbozaban un cuadro clínico de la más extrema gravedad. Era asombrosa la desenvoltura de los dos mediquitos, el vocabulario técnico que manejaban, como si se hubieran criado entre circuitos electrónicos. Todos los aparatos que los rodeaban estaban encendidos, y ellos ilustraban la exposición señalándole una curva parpadeante, un número decimal, un gráfico de insulina tomado en directo. Lo tenían zonificado, en una cuadrícula tridimensional ondulante que se agitaba como un abigarrado cubo de gelatina en uno de los monitores; se orientaban en ella con números, que pulsaban en sus teclados inalámbricos de bolsillo.

—¿Conocía esta tecnología? —le preguntó Ferreyra al notar su estupor—. Opera con vallas evolutivas inducidas, de proteínas duales. ¿Quiere probar? —Le tendía su teclado.

—¡No! Tengo miedo de hacer macanas.

—Ya ve, todas estas maravillas de la ciencia no pueden evitar...

Sí, sí. A otro perro con ese hueso. ¿Dónde estaría la cámara? Seguramente había sido fácil de ocultar, entre tantos aparatos, y Actyn debía de estar viéndolo en este momento, rodeado de sus secuaces, grabando todo. Ahora entendía por qué la ambulancia seguía corriendo en línea recta, sin doblar en ninguna esquina: las curvas debilitaban la emisión de imagen durante unos instantes, y Actyn no quería perderse un solo segundo; eso tenía algo de preocupante para el Doctor Aira, pues le indicaba que todo lo que necesitaban de él era un traspié de un momento...

¿Qué le estaban diciendo? Habían llegado al meollo de la cuestión:

—...sus dones, Doctor Aira, aunque desde nuestro punto de vista estrictamente racional...

Y el otro, al mismo tiempo:

—... todo lo que se puede hacer, se hace, la tecnología ayuda a agotar las posibilidades de acción...

Lo que quería decir era que ese despliegue de aparatos increíbles contribuía a apresurar la intervención de los curanderos mágicos como él, ya que ahora la ciencia médica convencional podía llegar casi de inmediato a su límite infranqueable. Con lo cual establecía un puente entre ellos y él, y verosimilizaba el pedido de intervención que le estaban haciendo.

¿Y cuál podía ser su intervención? Devolver a la vida a un desahuciado. Extraerlo del borde mismo de la muerte. ¡Como si eso tuviera algo de especial! ¿Acaso no era lo que sucedía siempre? ¿No se salvaban todos, in extremis? Era el mecanismo normal de interacción del hombre y el mundo: la realidad buscaba una idea más, la buscaba desesperadamente cuando ya todas las ideas habían sido pensadas… y la encontraba a último momento.

Claro que lo que ellos esperaban era lo extraño y pintoresco de la maniobra, el grotesco ritual mágico, el toque ridículo que ellos sabrían hacer resaltar, el papelón que difundirían en los noticieros amarillistas, el fracaso. Y por supuesto que no les daría el gusto.

Porque todo esto equivalía a una «cámara sorpresa» médica, con la diferencia de que ya no podían sorprenderlo; tantas veces lo habían intentado que no les quedaba sino jugarse a la «sorpresa de la sorpresa», a la sospecha que se colaba entre los niveles.

Los miraba hablar, entrando y saliendo de la atención en períodos irregulares, con el resultado de que los dos rostros juveniles y entusiastas, casi frenéticos, que tenía muy cerca del suyo se le hacían irreales. Y lo eran, de eso no tenía ninguna duda, aunque sólo hasta cierto punto; porque correspondían a dos seres humanos, de carne y hueso. El uso intensivo de las cámaras sorpresa en los últimos años (para hacer bromas de todo tipo, pero también para sorprender a funcionarios corruptos, a comerciantes deshonestos, a evasores fiscales y a infiltrados delictivos en la profesión médica) obligaba a un gasto fenomenal de actores, que no podían repetirse, a riesgo de levantar la perdiz. Siempre debían ser nuevos, a estrenar, no podían haber aparecido nunca antes en una pantalla, ni siquiera como extras, porque, dado el alto grado de suspicacia que había invadido a la sociedad, el menor barrunto de reconocimiento bastaba para echar a perder la maniobra. Y esa misma suspicacia, siempre creciente, hacía que los actores debieran ser cada vez mejores, más creíbles. Era asombroso que no se terminaran; por supuesto, no era necesario que fueran profesionales (con la nueva Ley de Contratos de Trabajo no era requisito indispensable que estuvieran agremiados), pero en los casos en que había mucho en juego debía de ser una decisión difícil poner el éxito o el fracaso de un operativo en manos de un aficionado.

Estos dos eran realmente muy buenos; no sólo manejaban la jerga a la perfección sino que hasta tenían gestos, tics, apostura y voz de médicos... Quizás eran médicos que colaboraban con Actyn por convicción; en ese caso eran reclutas nuevos, porque a los fanáticos de la primera hora el Doctor Aira los conocía a todos. Actyn tenía el prestigio y el carisma necesarios como para seguir consiguiendo nuevos adherentes a su causa, que él podía rubricar como la causa de la Razón y la Decencia. Pero estaba el hecho de que los médicos también eran seres humanos, sujetos a los azares de las enfermedades incurables, y el que se «quemara» frente al Doctor Aira no podría recurrir, llegado el caso desesperado, a sus servicios. De modo que a Actyn no le quedaba más remedio que buscar a sus partidarios activos entre las camadas de médicos más jóvenes, los que menos podían pensar en su peligro personal. Eso explicaba que estos dos fueran tan jóvenes.

Claro que también estaba la posibilidad de que fuera un caso real. Una posibilidad muy remota, de uno en un millón, pero subsistía de todos modos, como posibilidad pura, perdida entre las posibilidades. En otra época, antes de que se perfeccionaran estas malditas tecnologías de espionaje, habría sido al revés: la posibilidad de que fuera una representación habría sido tan improbable que no la habría tomado en cuenta; en aquel entonces, lo que pasaba se daba por real automáticamente. Pero no valía la pena ponerse a lamentar los buenos viejos tiempos, porque las circunstancias históricas hacían un bloque: en los tiempos anteriores todo habría sido distinto; no se podía registrar un papelón para difundirlo urbi et orbi, pero los milagros se aceptaban con naturalidad, porque todavía no se había establecido una frontera precisa entre lo que era milagro y lo que no lo era.

Quizás, si podía confiar en la existencia de una verdadera simetría, ahora que esa frontera estaba bien trazada, podía esperar que empezara a disolverse la complementaria: la que dividía lo que era papelón de lo que no lo era.

Porque el papelón era tributario de la espontaneidad, y sin ella se desvanecía como una ilusión. Por ese lado, Actyn podía haber ido demasiado lejos, y ahora podía estar entrando en una esterilidad automática para todos sus intentos. Desde que decidiera concentrar su fuego contra el Doctor Aira y sus Curas Milagrosas, había ido quemando etapas, sin poder detenerse por causa de la dinámica misma de la guerra, en la que toda la iniciativa estaba por definición de su lado. En realidad las primeras etapas, las de la confrontación directa, el libelo, la difamación y el escarnio, las había superado en un santiamén, condenadas como estaban a la ineficacia. Había entendido que no era el terreno en el que podía obtener resultados. La reconstrucción histórica de un fracaso era imposible por naturaleza; corría el riesgo de reconstruir un éxito. Entonces pasó (pero ése era su propósito inicial, el único que lo justificaba) al intento de crear la escena completa, de sacarla de la nada... No tenía otras armas que las de la representación y hacía años que venía usándolas sin respiro. El Doctor Aira, en el punto de mira, se había acostumbrado a vivir como quien cruza un campo minado, en su caso minado por lo teatral, que estaba explotando todo el tiempo. Por suerte eran explosiones invisibles, intangibles, que lo envolvían como aire. Salir de una trampa no significaba nada, porque era tal la pertinacia de su enemigo que salía a otra trampa, de una representación se despertaba a otra; vivía en un mundo irreal. Nunca podía saber dónde se detendría su perseguidor, y en realidad no se detenía nunca, ante nada. Actyn, a sus ojos, se parecía a esos supervillanos de los cómics, que nunca se proponen menos que el dominio del mundo... con la única diferencia de que en esta aventura se trataba del mundo del Doctor Aira.

Pero, por la ley del círculo, todo desembocaba en su contrario, y la mentira corría, por la gran curva, hacia la verdad, el teatro hacia la realidad... Lo auténtico, lo espontáneo, estaban en el revés de esas transparencias.

A todo esto, la ambulancia seguía corriendo, el perro ladrándole como loco a las ruedas (la onda de la sirena, que seguía ululando, debía de transportar la frecuencia en ultrasonido de la emisión televisada, que el animal captaba), y los dos monigotes seguían perorando. Ahora concentraban su discurso alterno en el paciente, en su circunstancia humana, en su historia. ¿Cómo había llegado este infeliz a su actual estado? Por los caminos habituales, los que un médico podía verificar a diario en el grueso de la población: una dieta antinatural y la exacerbación de las pasiones. Dúo fatal que producía más muertes prematuras que la guerra. Al Doctor Aira le llamó la atención ese vocabulario anticuado y solemne, pero reflexionó que su anacronismo bastaba para sugerir una segunda interpretación, en el otro nivel al que se traduciría todo si él caía; el «dúo fatal» se volvería entonces: el abuso de Garotos y el entusiasmo por el fútbol televisado.

De cualquier modo, lo que decían no tenía más finalidad que la de servir de apoyatura visual para el doblaje que podría hacerse después sobre la filmación. Inclusive podía haber sido planeado para inducir de su parte ciertas respuestas que en el doblaje se volverían réplicas a otras frases; porque la única voz que no doblarían sería la suya, pero el sentido podía cambiarse radicalmente por el contexto, que sí se proponían modificar.

Un concepto se repetía más que los otros: «estado vegetativo». En efecto, el organismo superaba un umbral de descerebramiento, a partir del cual sólo quedaba seguir viviendo, pero ya no actuando sino sólo reaccionando al medio, y entonces sólo podía absorber la acción de la medicina, ya sin posibilidades de asimilarla de modo de transformarla en acción propia. Por supuesto, la palabra podía ser borrada de la cinta, pero si se la pronunciaba en la ambulancia era para darle pie a cierta respuesta. Actyn debía de estar al tanto de sus conversaciones con los árboles (¿cómo se había enterado, el maldito?) y atacaba por ese lado.

Se acordó de un episodio de una vieja novela gótica: un monje con intenciones de apostasía exigía un milagro para seguir en el convento: era una condición imposible porque estaba seguro de que no habría milagro. Su interlocutor le respondía que, si era necesario, Dios haría un milagro para retenerlo en su seno y le pedía que propusiera uno. Estaban sentados en el jardín del convento, al pie de un árbol majestuoso... El monje, un poco al azar, decía: «Que se seque este árbol». Por supuesto, a la mañana siguiente el árbol estaba seco (los monjes, verdaderos Actynes infernales, habían usado un producto químico fulminante). El Doctor Aira habría pedido, *flâneur* impenitente, «que se sequen todos los árboles de Buenos Aires», todo el bosque de extrañas líneas cruzadas por el que se perdía cotidianamente. ¡Y el milagro podía suceder! O directamente sucedía... Después de todo, estaban a fines del otoño.

Se sobresaltó.

—¡Eh!

¿Dónde estaban? ¿Adónde lo estaban llevando? ¿Se habían vuelto locos? ¿La desesperación lo habría llevado a Actyn a pensar seriamente en la violencia? La calle José Bonifacio seguía y seguía, derecho, derecho... Todo el mundo pensaba que las calles de Buenos Aires realmente seguían más allá de la ciudad, y cruzaban el campo, y se volvían las calles de pueblecitos lejanos, y volvían a salir al campo... A través de las ventanillas, que miraba de reojo para no perder de vista a los dos mediquitos, se vislumbraba un espacio infinito, que debía de ser la Pampa. Si lo era, había sucedido algo, fuera de bromas. Nada podía ser más realista y normal que la línea recta, y sin embargo por ella podía hacerse un traslado a lo maravilloso. Tuvo una visión en miniatura dentro de su mente: la ambulancia corriendo por el desierto infinito y vacío, y el perro corriendo al lado de una rueda, ladrando… Habló al fin, interrumpiendo en medio de una frase algún elaborado macaneo; pero ellos se callaron, porque eso era todo lo que querían: que hablara.

—La respuesta es no.

—¿No, qué, doctor?

—No voy a hacer nada por este hombre, ni por nadie. Nunca lo he hecho y ustedes lo saben bien.

—Pero su don, Doctor Aira… Las Curas Milagrosas…

—¡Qué curas ni qué monjas! No sé de qué me están hablando.

—¿Cómo que no sabe? ¿Y de dónde le viene la fama? ¿Por qué todos los desahuciados claman por usted?

—No sé. Yo nunca…

—¿Es un invento de los medios? ¿Para eso anduvimos buscándolo media mañana, perdiendo un tiempo que podríamos haber empleado en una cirugía craneana? No nos dirá que nos ha embaucado.

—Yo no tengo nada que ver. Quiero bajarme.

Cambiaron de táctica súbitamente. Los monitores se pusieron en rojo, y empezaron a soltar unos pitidos que helaban la sangre (seguramente habían tocado con disimulo algún botón). Se arrojaron sobre la camilla gritando:

—¡Un colapso sistémico! ¡Se desagrega! ¡No hay nada que hacer!

A pesar de ese pesimismo, se afanaban como demonios, se gritaban uno al otro, hasta se puteaban, en un ataque de histeria. Le dieron unos planchazos eléctricos al pobre tipo, que se ponía azul, se plisaba, se retorcía. Un olor a sustancias químicas raras hizo irrespirable el interior. Adelante el negro aceleraba, como contagiado, y gritaba órdenes incoherentes por el altoparlante de la sirena. Hasta el perro se había enloquecido. En esa indescriptible confusión, Ferreyra volvió la cabeza y le gritó:

—¡Es la última oportunidad, Doctor Aira! ¡Haga algo! ¡Salve una vida!

—No, no… Yo nunca…

—¡Hacé algo, carajo! ¡Se nos va!

Manoteó a sus espaldas el picaporte. Estaba decidido a tirarse en plena marcha, si era necesario. Ellos volvieron a cambiar de táctica. Todos los monitores se apagaron de pronto, y se calmaron como por arte de magia.

—Lo llevamos a su casa, no se haga problemas. El paciente ha fallecido.

—Nos va a tener que firmar una planilla…

—No.

—Es para justificar el uso de la ambulancia.

—Yo no tengo nada que ver.

—Entonces, buenos días.

Se habían detenido. Le abrieron la portezuela. Cuando bajaba, el muerto dijo:

—Pelotudo.

Habría podido jurar que era la voz de Actyn, a quien sólo había visto por la televisión. Pisó la calle y miró a su alrededor. El perro había desaparecido, y la ambulancia ya partía acelerando ruidosamente. Fue sólo en ese momento que sintió una oleada de adrenalina que lo bañaba todo por dentro. El desfasaje, como el de los viajes en avión, la hacía inútil ahora, cuando la ocasión de agarrarse a trompadas con esos farsantes ya había pasado. Siempre le pasaba lo mismo, sus indignaciones, que eran tormentosas, las tenía después, a solas, cuando no podía agarrarse con nadie más que él mismo. Siempre la misma concatenación de tiempo y papelón. Una persona civilizada como él no podía lamentar no haberse liado a trompadas, pero quedaba en suspenso la cuestión de ser un Hombre de verdad y no un escurridizo ratón. Estaba a dos cuadras de su casa. Miró los árboles, los grandes plátanos de José Bonifacio, y se le antojó que eran máquinas diseñadas para triturar el mundo hasta liberar los átomos. Así se sentía, y era el resultado natural del teatro. ¿Quién dijo que la mentira llevaba a la verdad, que la ficción desembocaba en la realidad? La fatalidad del teatro era esa disolución definitiva e irreversible. Ésa era su seriedad, más allá de la liviandad irisada de la ficción.

Pero al menos había salido indemne. Y ésa fue la aventura de esa mañana. Una vez más, el Doctor Aira había escapado de las asechanzas de su pertinaz archienemigo y podía seguir adelante (¿pero por cuánto tiempo?) con su programa de Curas Milagrosas.

II

Ese invierno, desentendido del aspecto material por un golpe de suerte (había ganado una suma de dinero que le permitió tomarse una licencia de diez meses en sus actividades rentadas), el Doctor Aira se dedicó de lleno a la redacción y edición de sus trabajos. La despreocupación no podía ser más que momentánea, porque una vez que se terminara el dinero debería volver a buscar el modo de procurárselo; pero, por una vez en la vida, quería permitirse una absorción completa en su trabajo intelectual, como una especie de monje o sabio desligado de los aspectos prácticos de la existencia. Si no lo hacía ahora, a los cincuenta años, no lo haría nunca.

Efecto de la madurez, en los últimos tiempos había empezado a apreciar en todo su alcance la responsabilidad que le incumbía en tanto creador de materia simbólica (¿y quién no la está creando, de un modo u otro, todo el tiempo?). Porque esa materia era virtualmente eterna, atravesaba el tiempo, para ir a dar forma a los pensamientos futuros. Y no sólo a los pensamientos sino también a todo lo que naciera de ellos. El futuro mismo, el bloque del futuro, no era más que lo encerrado y modelado en esas formas que partían del presente.

Claro que las transformaciones que el viaje en el tiempo inflige a las formas hacen bastante imprevisible su destino. Lo que se hace en un campo puede terminar ejerciendo su influjo en otro, en otro cualquiera, incluso el más lejano e inconexo. De modo que sus esfuerzos en el campo de la salud podían crear, allende los siglos, nuevos estilos en áreas tan ajenas a él como la astrofísica, el deporte o la indumentaria. ¿Pero qué importancia tenía eso? El verdadero fecundador de mundos siembra en el cambio, en el torbellino. De todos modos, la idea lo envolvía en una ensoñación, que en realidad le era connatural, en la que todo se transformaba en todo, por transiciones bellas como obras de arte.

Paradójicamente, la oportunidad que se ofrecía a sí mismo, por el hecho de ser una oportunidad y por serlo de pensar, de elaborar sus pensamientos sin detenerse en consideraciones prácticas, traía consigo una urgencia de acción práctica, de hacer cosas. De eso se trataba, porque lo otro, la teoría, era lo que había venido haciendo toda su vida, sin que el imperio de las necesidades hubiera aflojado su garra los pocos meses que le habrían bastado para transformar la teoría en objetos tangibles. Estaba en la posición de un poeta que hubiera escrito diez mil poemas, y llegara al punto de tener que pensar seriamente en la edición.

Cosas. Cosas tangibles, que pudieran tomarse en las manos, guardarse en un cajón. El mundo siempre estaba elogiando a la «gente joven que hace cosas», y con razón. Porque el noventa y nueve por ciento del valor de las cosas, de su belleza intrínseca, lo pone el tiempo. Un peine sólo sirve para peinarse (y a un calvo ni siquiera eso); pero un peine de hace doscientos años se vende como un objeto precioso en una casa de antigüedades, y un peine de hace dos mil años se exhibe en un museo y no tiene precio. Por eso en la juventud vale la pena hacer cosas, porque esas cosas son las únicas hechas por nosotros que tenemos la posibilidad, si llegamos a viejos, de alcanzar a ver embellecidas por la pátina del tiempo. Las que se hacen después quedan para las generaciones futuras, y uno se las pierde. El Doctor Aira había dejado pasar la oportunidad y lo lamentaba amargamente. Pero hacer las cosas ahora, a los cincuenta años, quizás le devolvería algún atisbo de juventud; quizás pondría al tiempo de su parte.

Lo primero era activar la edición de sus fascículos de Curas Milagrosas. Claro que antes debía escribirlos… Pero al mismo tiempo no necesitaba escribirlos porque en el curso de los últimos años había llenado una increíble cantidad de cuadernos con el desarrollo de sus ideas; tanto había escrito que escribir más, sobre el mismo tema, era directamente imposible; ni aun queriendo. O mejor dicho, era posible, era muy posible; era lo que había venido haciendo año tras año, en el constante «cambio de ideas» que eran sus ideas. Seguir escribiendo o seguir pensando, que era lo mismo, equivalía a seguir transformando sus ideas. Eso le pasaba desde el principio, desde la primera idea. No había más remedio si quería seguir adelante, ya que el tema era siempre el mismo: la Cura por Milagro. La falta de dogmatismo, combinada con la absoluta convicción, le daban a su elaboración psíquica del tema esa plasticidad que lo mantenía en un flujo perpetuo, lo que le daba su inconmensurable ventaja relativa sobre los demás curadores milagrosos, pero a cambio le había impedido concretar nada.

Un problema conexo, en el que había trabajado arduamente, era su negativa de principio a usar ejemplos. La retórica establecida en el género se basaba en la exposición de «casos», casos clínicos, casos sorprendentes, casos excepcionales… Pero como todos los casos eran excepcionales, aun los más típicos, cualquier texto escrito dentro de este sistema estaba condenado a no ser más que una digresión. Se suponía que a fuerza de ejemplos se terminaba haciendo una ilustración exhaustiva de la idea. Pero para que la idea tuviera algún valor debía poder seguir ilustrándose en otros ejemplos, ¿y entonces dónde quedaba lo exhaustivo? Peor aún, el método en sí de los ejemplos imponía un orden jerárquico entre lo particular y lo general, disposición que no podía ser más opuesta a la esencia de su sistema de curas.

Con todo, debía pensar un tipo de exposición atractivo para el gran público, y la costumbre de los ejemplos estaba demasiado arraigada para evitarla por completo. A fuerza de darle vueltas al asunto se le había ocurrido una solución de compromiso, cual era la de poner en marcha un mecanismo de ejemplos «hágalo–usted–mismo» a cargo del lector. Él se limitaría a un solo ejemplo, un solo «caso», con el que se abriría el primer fascículo (o más bien el número cero), al que volverían después todos los argumentos, invirtiendo de ese modo el nefasto orden de lo general y lo particular.

Ese ejemplo *passe-partout* le había traído muchos dolores de cabeza. No la invención, que era fácil, quizás demasiado fácil, sino la convicción con que podía manejarlo. Para evitar esa facilidad, se quedó con lo primero que le vino a la cabeza y a la larga tuvo que reconocer que había hecho lo correcto. No era un caso propiamente dicho sino más bien una pequeña fábula, que le inspiraron unos guantecitos de lana elásticos que se vendían como «guantes mágicos»; él tenía un par, que usaba en sus caminatas durante el invierno, lo «mágico» que tenían consistía en que ambos eran exactamente iguales, por lo que se podían calzar en la mano derecha o en la izquierda indistintamente. A su vez todos los guantes eran iguales, tenían un tamaño único, y se ajustaban a todas las manos, desde las de una niñita a las de un camionero; igual que en la burla a la simetría bilateral, la adaptabilidad se debía a lo elástico del tejido, y ahí estaba toda la magia. Lo que él imaginó fue la existencia de un par único de verdaderos «guantes mágicos», que serían de un grueso cuero rojo, con forro de piel de conejo de angora, por lo tanto muy voluminosos, y que tendrían como propiedad darles a las manos que se metieran en ellos (pero sólo mientras tuvieran los guantes puestos) el virtuosismo sublime de un Arrau o de una Argerich para tocar el piano… pero no servirían de nada porque obviamente no se puede tocar el piano con guantes, y menos con esos incómodos guantes de abrigo polar. De modo que la gracia milagrosa quedaba al margen de la comprobación, y la teoría a partir de la cual actuaba no era afectada. Sólo a fuerza de milagros inútiles se podía evitar que la teoría degenerara en dogma.

La elección de la forma «fascículo» obedecía a razones del mismo tipo. Había llegado a ella retrocediendo de otras más radicales; durante meses alentó la idea de hacerlo en forma de álbum de figuritas coleccionables, las figuritas de las Curas Milagrosas, que se venderían en los kioscos dentro de sobres cerrados… Pero se le complicaba demasiado la operatoria, y había asimismo inconvenientes por el lado conceptual. Así que renunció al álbum, como renunció a muchísimas otras posibilidades tanto o más arriesgadas. De esas grandes escaladas de las fantasías volvía al «grado cero»: el libro. Y de ahí volvía a partir, porque el formato libro, con su clásica simplicidad, que nadie respetaba más que él, lo limitaba en exceso. Todas esas idas y vueltas habían confluido en el punto medio que era el fascículo coleccionable, de aparición semanal. La periodicidad le dictaría un ritmo de trabajo, y la ventaja sobre el libro era que no tendría que terminar toda la obra antes de empezar la publicación; esto último era importante sobre todo porque no había pensado en un término definido a su labor; la veía más bien como una obra abierta, que incorporara dentro de un marco fijo sus cambios de ideas, de perspectiva y hasta de humor.

Sus fantaseos de editor vanguardista no fueron inútiles en tanto muchas de las ocurrencias que surgieron en su transcurso fueron incorporadas al formato elegido al fin, y para todas ellas el «fascículo» resultaba muy acogedor, motivo adicional para decidirse por él.

Las ilustraciones fueron uno de los rasgos recuperados. Esto venía de proyectos desechados como el de las figuritas (y otros), a la vez que era natural cuando se hablaba de fascículos. ¿Dónde se habían visto fascículos no ilustrados? Alguna vez había oído hablar de la publicación en fascículos de un diccionario, pero aparte de que parecía demasiado absurdo para ser cierto, un diccionario era ideal para ser acompañado con figuras, las comportaba en sí, virtualmente, en tanto el diccionario es un catálogo sistemático de ejemplos.

Las haría él mismo, por supuesto. Ni soñaba con pedir la colaboración de un dibujante, tan grande era su horror a ceder el control absoluto sobre cualquier aspecto de su obra. Tenía una pasable habilidad con el dibujo, en el que se ejercitaba diariamente; aunque siempre le salían abstractos. Sólo por azar sus dibujos representaban algo. No obstante podía hacer, como cualquiera, un diagrama comprensible, aunque sólo lo hacía cuando tenía el plan de fabricar algo. Recientemente había llenado un cuaderno con los esquemas y moldes para trajes fantásticos, algunos coloreados.

Estos trajes, que en realidad no tenían nada que ver con las Curas Milagrosas, ya que eran imaginativos disfraces de gran aparato pensados por pura exuberancia de la fantasía, constituían sin embargo una parte del proyecto. Para explicarse cómo lo hacían (porque esta explicación también había tenido que inventarla, *ex post facto*), debía partir del valor de un texto, de un texto cualquiera, y por extensión de lo que él pudiera escribir sobre las Curas Milagrosas. Reflexionando sobre las raíces del valor, había llegado a la conclusión de que era necesario poner un componente autobiográfico. Eso no podía faltar y no por narcisismo sino porque era el único vehículo para que lo escrito permaneciera; y él quería, ¡y vaya si quería!, que lo suyo venciera el tiempo, tampoco por narcisismo intelectual sino porque más allá del tiempo sus fascículos tomarían el valor de antigüedades, que es un valor en sí, independiente de los inseguros valores de la verdad o la inteligencia o el estilo.

A diferencia de otros objetos, los escritos sólo vencen al tiempo cuando están asociados a un autor cuyas maniobras en vida excitan la curiosidad de la posteridad, y de las que son el único testimonio tangible. Esa curiosidad póstuma la crea una biografía en la que haya pequeñas maniobras extrañas, inexplicables, coloreadas por una invención fugaz siempre en acción, siempre en estado de *happening*.

Pues bien, un día, a propósito de nada, mirando la televisión, se le ocurrió que sería muy lindo fabricarse unos trajes, más que trajes unas armazones de alambre que sostendrían telas de color, además de coronas, cuernos, aureolas, campanitas, que él podía ponerse para estar en casa, con fines de relajamiento o revigorización o cualquier otro motivo que se le ocurriera; el motivo no importaba porque el objeto de este teatro vestimentario unipersonal sería proporcionar una anécdota interesante... El motivo se formularía solo, y calzaría perfectamente en su sistema estético-teórico autobiográfico, colaborando en la creación de su mito personal. No importaba lo papelonero que fuera (aunque en privado, en familia); en cierto modo estaba dispuesto a sacrificarse por su obra. Además, por ese camino se llegaba a un nivel donde se neutralizaba el papelón, el miedo al ridículo, todo eso, al absorberse en la figura normalizada y aceptada del Extravagante.

Al ser estos vestidos, según su idea, una suerte de construcciones arquitectónicas de alambre y tela, en las que debería meterse, debía pensar en dotarlos de un sistema de plegados que le permitiera sentarse o desplazarse o inclusive adoptar la posición del loto, o bailar. Los dibujos se complicaban consiguientemente. Y más aún: como iban a ser muy grandes, muy abultados, y el departamento que compartía con su familia ya estaba atestado, debía prever un segundo sistema de plegado, para que se los pudiera guardar en una caja chata apilable o, idealmente, en una carpeta.

Los dibujos que ya tenía hechos de esos trajes le daban un material *ready-made* para ilustrar los primeros fascículos; después, ya vería. Además, no valía la pena preocuparse por el tema en este estadio. Antes debía atender a los textos, y de ellos irían saliendo naturalmente las ilustraciones. Por ahora le bastaba con saber que las haría, y eso alcanzaba para llenar con vagas figuras su expectativa.

En cuanto al texto, no tenía más que elegir de entre sus miles de páginas manuscritas y empezar el gran *collage*. Podía empezar por cualquier parte, no se necesitaba ninguna introducción porque el asunto ya estaba bien caracterizado en el imaginario colectivo. Justamente, el encanto de esta materia era afín al de esas variaciones que se hacen sobre algún relato muy conocido. Tomemos uno bíblico, se decía el Doctor Aira, el de Sansón… Una historia divertida podía tener por eje la calvicie, vuelta asunto de Estado para los filisteos, y sería divertida porque todo el mundo se ha enterado de un modo u otro de que la fuerza de Sansón radicaba en el pelo. Aquí pasaba lo mismo: la vida, la muerte, la enfermedad, no hay quien ignore de qué se trata, lo que permitía hacer esas deliciosas pequeñas variaciones, que sin serlo suenan a invención (evitándole al autor el costo exorbitante de inventar una historia nueva).

Escribir era algo que no podía hacerse en bloque, de una vez. Había que seguir haciéndolo, en lo posible todos los días para establecer un ritmo… El ritmo de publicación, tan accidentado por los imponderables materiales, se regularizaba en el formato fascículo, que además se hacía cargo de las cantidades de emisión y de su tono de base, que era el de la «divulgación». Estos ritmos simbólicos se materializaban de algún modo al servir de marco al ritmo con el que pasaban las cosas. Porque la vida, privada y social, proseguía mientras tanto, y este sistema *andante cantabile* impedía que la vida real transcurriera como una sucesión marginal, ya que recuperaba, en el ritmo, no sólo el flujo general sino cada uno de sus detalles anecdóticos, hasta los más heterogéneos. Así podía confiar en que no se le escaparía nada, no dejaría nada sin usar con provecho. Un episodio como el de la ambulancia, que lo había dejado tan perturbado (al punto que fue uno de los desencadenantes, junto con el golpe de suerte financiero, de su decisión de pasar a la acción), dejaba de ser un «ejemplo» más de la persecución de que lo hacía objeto el Doctor Actyn, para volverse una particularidad en un Universo de hechos donde no había jerarquías ni generalizaciones.

Dadas estas características del método del Doctor Aira, la publicación tendría que ser enciclopédica. Y si bien la palabra «Enciclopedia» no debía ser escrita en ningún momento, los fascículos en su totalidad abierta e infinita no eran otra cosa que una Enciclopedia general y total. Ahí estaba el secreto de las Curas, el secreto al que él se proponía, y ahí estaba la clave de su empresa, darle un máximo de visibilidad.

Visto desde este ángulo, como la redacción de la Enciclopedia de todas las cosas y de todos los tiempos, el trabajo se presentaba como una ascética de superhombres... ¡Había tanto por hacer! La vida debería durar mil años... Una de las ideas descartadas en el curso de sus fantasiosas planificaciones había sido adoptar el formato de falsos folletos publicitarios de un sistema de curandería prepaga. Una cuota mensual vitalicia habilitaría a los socios para ser beneficiarios de una Cura Milagrosa sólo cuando la necesitaran. Como todos los demás proyectos en los que se entusiasmaba fugazmente y dejaba caer no bien el frío de la razón aplacaba los ardores de la fantasía, éste no había pasado sin dejar alguna huella. Todo cabía en la escritura, que estaba hecha de huellas, y no sólo de huellas humanas.

La disciplina de escribir consistía, en el fondo, en limitarse a escribir, a ese trabajo, con su parsimonia, su periodicidad, su ocupación del tiempo. Era el único modo de apaciguar la ansiedad que podía sobrevenir de otro modo, por la calidad de innumerables y autoproducidas de las cosas que llenaban el mundo y que iban saliendo a cada paso. Había un contraste, al que podía calificarse de «curativo», entre la periodicidad continua de escribir, proceso siempre parcial, y la totalidad del presente y la eternidad.

Desde hacía muchos años, el Doctor Aira se había hecho el hábito de escribir en los cafés, que por suerte no faltaban en el barrio de Flores. La fatalidad de la costumbre se había ido conjugando con distintos imperativos prácticos, al punto de llegar en esta época a no poder escribir una línea si no era en alguna de las mesas de uno de estos hospitalarios establecimientos. El encarnizamiento de la campaña que llevaba adelante en su contra el Doctor Actyn puso a prueba su voluntad de seguir frecuentándolos, ya que eran lugares públicos, abiertos tanto a él como a sus enemigos. Pero no tenía más remedio, si quería seguir escribiendo. Una sombra de paranoia empezó a teñir cada una de sus salidas. Había momentos en que se sentía observado y no era para menos. No hubo agresiones directas, y en realidad no las esperaba. Pero lo indirecto podía tomar muchas formas, y en el curso de esas sesiones de escritura en Camino Real, o Miraflores, o la San José, podía pasar cualquier cosa, o podía estar pasando sin que él se percatara, cuando uno de sus frecuentes raptos de inspiración lo aislaba de todo. Le constaba el hecho de que Actyn podía reclutar para sus operaciones de vigilancia y provocación a cualquier tipo humano, a cualquier formulación de lo «humano»; de modo que no era cuestión de reconocer a un agente adverso por el aspecto... Ni siquiera podía decir, a simple vista, si alguien lo estaba observando, porque en un café es fácil tomar una posición estratégica, desviar la vista o fijarla en un reflejo, disimular de mil modos. Había desarrollado al menos un método seguro para comprobar si alguien lo estaba observando: consistía en bostezar y espiar subrepticiamente al sospechoso: si él bostezaba a su vez significaba que lo había tenido en su mira, porque el contagio del bostezo es infalible. Claro que también podía bostezar alguien que lo hubiera mirado en ese momento por pura casualidad; y de todos modos no le servía de nada la confirmación, pero al menos sabía a qué atenerse y con eso ya se quedaba contento.

Entre los «imperativos prácticos» que lo obligaban a escribir fuera de su casa estaba el desdén supersticioso de su esposa a sus actividades intelectuales, desdén que viraba gradualmente al horror desde que el Doctor Actyn había recurrido a los medios de comunicación masiva para movilizar su campaña de desprestigio. Le hacía escenas, cada vez más frecuentes, se quejaba de que la reconocían, la miraban, la señalaban, decía que pronto no podría salir a la calle de la vergüenza... Que no lo jodiera demasiado porque él era capaz de mandarse a mudar, como han hecho tantos maridos excedidos. No se necesitaría mucho, ni siquiera una escalada de histeria. Bastaría con que se le cruzara una jovencita y que él se enamorara... De hecho, quería amar. Su mala salud ya no le parecía un impedimento. Justamente, quería amar en la enfermedad, de pronto le parecía que era el único amor verdadero.

Pensando en este punto, se hacía una pregunta: ¿por qué el Doctor Actyn, que había echado mano a tantos recursos, no había tenido la idea de tentarlo con una mujer? Había probado con trampas tan barrocas, tan elaboradas, a veces tan absurdas… y nunca con la más clásica y simple. No podía ser por consideraciones éticas, porque había hecho cosas mucho peores. ¿No era acaso la prueba decisiva de la realidad? ¿Cómo era posible que no la hubiera tomado en cuenta? ¿Le tendría demasiado respeto? ¿Lo creería por encima de esas tentaciones? Si era así, ¡qué equivocado estaba! Porque con la sed de amor que tenía el Doctor Aira, ésa era la tentación a la que más probabilidades tenía de sucumbir. En esa trampa era capaz de caer, aun a sabiendas de que era una trampa, confiando en el poder del amor. ¿No habría sido el romance perfecto, la aventura galante que realizaría todas sus fantasías en la materia? De hecho, pensaba que perder esa batalla equivaldría a ganar la guerra. Pero por algún motivo incomprensible, Actyn se había abstenido de atacar por ese flanco. ¿Temería que el misil de amor se volviera contra él? ¿O lo estaba reservando para cuando todo lo demás fallara?

Sin amor, el Doctor Aira estaba condenado a fascículo perpetuo… Pero debía pensar en positivo y sobre todo concentrarse en los aspectos prácticos. Con la llegada del solsticio de invierno, sintió que había pasado el punto sin retorno. Ya tendría que estar haciendo las maquetas de los fascículos, la diagramación, eligiendo tipos de imprenta, papel… Serían fascículos, eso estaba decidido… Pero fascículos con tapa dura. Podía ser razonable, pero no tanto; algo de su locura debía sobrevivir. Tenía pensado un grueso cartoné muy rígido para las tapas, que haría contraste con la poca cantidad de páginas que contendrían, no estaba seguro todavía de si serían cuatro u ocho, no más.

Tampoco había hecho los cálculos de costos. Por supuesto, tendría que ir al mínimo; en realidad no podía hablar de «costos» porque no habría con qué compensarlos, es decir sobre qué medirlos. El proyecto no contemplaba la venta de los fascículos, para lo cual habría debido montar una empresa de tipo comercial, inscribirse como editor, pagar IVA y mil cosas que ni soñaba con hacer. Se regalarían; eso nadie podía impedírselo.

Lo ideal habría sido poder operar con un sistema monetario doble, como el de la China antigua. Allí había existido una moneda oficial para los ciudadanos corrientes, y otra para los pobres, que eran, claro está, la abrumadora mayoría de la población. El enlace entre ambas, que no se efectuaba en la realidad, consistía en dividir la unidad mínima de la moneda oficial, digamos el centavo, en diez mil unidades; ese múltiplo constituía la unidad del sistema de los pobres, la «sapeca». Un puñado de semillas de sandía costaba una sapeca. Todo el comercio en los sectores populares se efectuaba en esta moneda; los pobres, los campesinos, los niños no usaban otra, y esas humildes transacciones llenaban las necesidades de la supervivencia. El «cambio» no se efectivizaba en la práctica, porque ¿quién iba a acumular nunca un millón de sapecas para cambiarlo por un «peso» de la moneda corriente, unidad que por otra parte, en el otro nivel de vida, tenía un valor ínfimo y no alcanzaba más que para pagar el artículo más barato en una tienda, o el plato más simple en un restaurante? Mientras que con muchísimo menos que eso, ¡con cien sapecas apenas, llegado el caso!, un pobre podía suministrarse la comida, el abrigo y los servicios que necesitaba durante un mes. Y todos felices y bien alimentados.

III

Aun para quienes llevan una vida rutinaria y sin accidentes, aun para los sedentarios y metódicos, los que han re-
nunciado a la aventura y han planificado el futuro, se está
preparando una sorpresa descomunal, que se producirá
llegado el momento, y los hará empezar todo de nuevo
sobre bases distintas. Esa sorpresa consiste en el descubrimiento de que son, en la realidad, esto o aquello; es decir,
que encarnan un tipo humano. Por ejemplo un Avaro, o
un Genio, o un Creyente, cualquier cosa; algo que hasta
entonces sólo han conocido por el retrato que de ese tipo
se hace en los libros, y que nunca han terminado de tomar
en serio, o en todo caso nunca han pensado seriamente en
aplicar a la realidad. La revelación es inevitable en cierto
momento de la vida, y la conmoción que produce (la
boca abierta, los ojos como platos, el calambre del estupor),
la sensación de Fin del Mundo personal, de «me pasó lo
que yo más temía», está cortada a la medida de la frivolidad de todo lo que hubo antes.

No hay una edad fija; por supuesto: todo depende de
las variables individuales, que lo son todo porque el proceso de vivir no es otra cosa que acumularlas. Pero suele
darse hacia los cincuenta años, que es el momento en que,

hoy día, uno empieza a pensar que ya ha terminado todo. En la reacomodación psíquica consiguiente, la víctima despavorida tiene un motivo extra para amargarse al pensar que el descubrimiento ya no le sirve de nada, que ahora es una crueldad inútil: si le hubiera pasado treinta o cuarenta años atrás, habría vivido sabiéndolo, se habría subido al tren de lo real.

Y esto pasa aún, y sobre todo, cuando el sujeto de marras se ha pasado la vida identificado con el tipo al que entonces descubre que pertenece. De hecho, es en estos casos cuando la sorpresa resulta más explosiva, y más impresión causa.

Fue lo que le pasó al Doctor Aira por esta época. Le habría pasado de todos modos porque había llegado la hora, pero en los hechos lo que desencadenó la revelación fue un incidente que vino a interrumpir sus trabajos editoriales antes de que los hubiera podido iniciar.

Recibió un llamado, a resultas del cual asistió a una reunión bastante confidencial en unas elegantes oficinas de Puerto Madero... y se vio embarcado, contra todas sus expectativas, en un proceso de Cura Milagrosa. Unos pocos días antes habría podido jurar que no lo haría nunca, que ya estaba más allá de toda tentación, que lo había superado. Su decisión de lanzar al público los fascículos, precisamente, se desprendía de esta convicción de haber dejado atrás el llamado de la práctica. Pero está visto que el hombre propone, y Dios dispone.

Los que se pusieron en contacto con él eran los hermanos de un gran empresario, presidente de un *holding* petrolero con vastas ramificaciones en la industria y las finanzas, que se había visto imprevistamente afectado por una enfermedad terminal. Tenía menos de sesenta años, y por supuesto no quería morirse todavía. Nadie quiere. El ser humano se aferra a la vida siempre, cualquiera sea la condición, y valga o no la pena. Y en el caso de un hombre tan rico, con tantas posibilidades de sacarle el jugo a cada día, el deseo de prolongarla se multiplicaba. Los hermanos trataban a su modo de hacérselo entender al Doctor Aira, como si quisieran justificarse. Limitados por su oficio y su formación, lo expresaban en sus propios términos: el *holding* había participado del proceso de privatizaciones, y con éxito, era del selecto grupo de empresas locales que habían logrado ampliar su campo de operaciones, con un patrimonio saneado, se diversificaban sin perder fuerza, se disponían a cosechar los beneficios de la concentración, de la integración al Mercosur, del aliento a las exportaciones, sus plantas industriales habían sido renovadas con tecnología de punta... Se entusiasmaban con la descripción, aunque era evidente que estaban repitiendo un discurso que se sabían de memoria, y no era menos evidente que se lo estaban diciendo a un lego en la materia. Un poco avergonzados, volvían al tema principal, sugiriendo que no se estaban elogiando a sí mismos sino a su hermano enfermo, cerebro y motor de todas las operaciones del grupo, cabeza natural de la familia. Lo que querían destacar era la inaceptable injusticia de que justo él tuviera que partir sin ver los frutos de su talento, de su creatividad en el mundo de los negocios, de su energía sin límites.

Al Doctor Aira le crepitaba la cabeza, como si la tuviera llena de soda. Él también estaba ligeramente avergonzado de haber seguido con tanta atención las explicaciones, y quería volver al motivo por el que estaba ahí. ¿Cuál era la enfermedad?, preguntó. Cáncer, lamentablemente. Cáncer de todo. Grandes formaciones invasoras, metástasis polares, un crecimiento incontrolable del mal. Señalaron una carpeta sobre el escritorio de cristal.

—Ahí está toda la documentación, la historia clínica, actualizada al día de hoy. Aunque suponemos que lo suyo no va por esa línea. Ahí está registrado el fracaso de los mejores oncólogos del país y del mundo. Ellos ya no se molestan en fingir la menor esperanza.

—¿Cuánto le dan?

—Semanas. Días.

Habían esperado mucho para recurrir a él. Más, imposible. Debían de haber empezado con las terapias alternativas hacía meses, y ya habrían desfilado todos los charlatanes y manosantas disponibles. Se sintió paradójicamente halagado de ser el último. Sin percibir lo innecesario que era, ellos se disculpaban mintiendo vagamente: el hermano se había sometido a las terapias convencionales, con admirable estoicismo, no había bajado los brazos ni siquiera ante los resultados más adversos… Al fin los había autorizado a probar con la Cura Milagrosa, y como había hecho antes, desde el primer momento, ponía en juego toda su fe, su confianza: con eso podía contar el Doctor Aira.

Estaba todo dicho. Miró la carpeta y sacudió la cabeza como diciendo: no la necesito, ya sé a qué atenerme. En realidad le habría gustado echarle una mirada, por pura curiosidad; aunque no habría entendido nada, porque seguramente cada descripción estaba puesta en la jerga médica, que le era inaccesible. Y además, era cierto que no la necesitaba, porque su intervención tenía lugar en otro nivel. El caso debía estar cerrado para que él entrara en escena, la historia clínica debía haber llegado a su fin. Y era lo que a todas luces había pasado con este hombre.

Acto seguido, aceptó la misión. ¿Por qué lo hizo? A pesar de todas sus prevenciones y promesas, agarró viaje. Se cumplía una vez más el conocido refrán: «Nunca digas nunca». Había jurado que nunca iba a hacerlo (sus interlocutores no debían de estar enterados de este juramento, porque se lo tomaron con la mayor naturalidad) y ahora se apresuraba a decir que sí, casi antes de que hubieran terminado de proponérselo. A priori, esto se explicaba por un defecto de su personalidad que le había causado muchísimos problemas a lo largo de su vida: no sabía negarse. Un fondo de inseguridad, de falta de confianza en su valor, se lo impedía. Esto se acentuaba, y se verosimilizaba, por el hecho de que la gente que le podía pedir sus servicios con base en sus capacidades y talentos era por definición ajena a su medio, poco o mal informada de sus méritos y su historia, y entonces una negativa de su parte los dejaría totalmente en blanco, pensando «¿Y quién es este tipo para hacerse el difícil? ¿Por qué nos tomamos el trabajo de llamarlo?». Era como si sólo pudiera negarse ante los que estaban perfectamente al tanto de su sistema, ante los que ya habían entrado al sistema, y éstos por definición nunca le pedirían una Cura, o no se la pedirían en serio.

Había un motivo adicional, relacionado con el anterior, y consecuencia de otro defecto que con ser muy común, en el Doctor Aira se daba muy destacado: el snobismo. Esta oficina con sus Picassos y sus alfombras chinas lo había impresionado, y la oportunidad de entrar en contacto con una celebridad de primer orden se le hacía irresistible. Es cierto que hasta ese día no había sabido nada de este hombre, y el apellido le resultaba por completo desconocido. Pero eso no hacía más que magnificar el efecto.

Sabía que había personas muy importantes que mantenían una política de «bajo perfil». Y tenía que ser realmente bajo, para que le pasara desapercibido a un snob de su calibre. Una celebridad desconocida, era como si estuviera en otro nivel, superior.

Pero antes que todo eso, y como disimulada bajo la hojarasca de motivos circunstanciales y psicológicos, su aceptación tenía una causa mucho más concreta: era la primera vez que se lo pedían. Como a tantos otros fenómenos de nuestra época dominada por la ficción mediática, su fama lo había precedido. Su propio mito lo había envuelto, y la mecánica del mito había ido postergando la entrada en funciones, hasta llegar a un punto en que ésta se hacía impensable. Tenían que venir estos ricos bárbaros, en su ignorancia de las máquinas sutiles del esoterismo, para que lo inconcebible sucediera. De hecho, el Doctor Aira podía haber salido del paso diciéndoles que había un error, un malentendido, que él era un teórico, casi podría decir «un escritor», y que todo lo que lo relacionaba con las Curas Milagrosas era una especie de metáfora… Pero al mismo tiempo no era una metáfora, era real, y en ese carácter de real residía su verdad. Ésta era la primera, y quizás la última, ocasión de probarlo.

Quisieron saber cuándo podría iniciar los procedimientos. Por la esencia misma del asunto, estaban urgidos: no había tiempo que perder. En la pregunta se las arreglaron para introducir un discreto interrogante sobre la naturaleza del método, del que era obvio que no tenían la menor idea (era obvio sobre todo porque nadie la tenía).

Llevado por la inercia del impulso ciego que lo había llevado a aceptar el trabajo, el Doctor Aira dijo que necesitaba un breve período para prepararse.

—A ver… Hoy estamos a… No sé ni en qué día vivo.

—Viernes.

—Muy bien, lo haré el domingo a la noche. Pasado mañana. ¿Les viene bien?

—Por supuesto. Estamos a su disposición. —Una pausa. Se los veía bastante intrigados—. ¿Y cómo sigue?

—No sigue. Es una sola sesión. Calculo que puede durar una hora, más o menos.

Se miraron entre ellos. Habían decidido todos a la vez no hacerle más preguntas. ¿Para qué? Uno de ellos le escribió en un papel la dirección, y se pusieron de pie, serios, circunspectos.

—Lo esperamos entonces.

—A las diez.

—Perfectamente. ¿Alguna indicación?

—Ninguna. Hasta el domingo.

Empezaron a darse las manos. Como era de esperar, habían dejado para ese momento ya marginal la cuestión plata:

—De más está decir… sus honorarios…

El Doctor Aira, terminante:

—No cobro. Nada en absoluto.

El que tan torpe era en el manejo de los gestos, las expresiones y los tonos de voz, en este caso, y sólo en éste, daba la nota justa.

¡Por supuesto que no se trataba de plata, para ninguno de los presentes! Y sin embargo, no se trataba de otra cosa. La plata había quedado atrás, pero sólo por ser tanta. Pese a ser la primera vez que trataba con gente tan opulenta, el Doctor Aira había reaccionado con la seguridad casi instintiva que sólo da un prolongado hábito, como si no hubiera hecho más que prepararse para este momento durante toda su vida. Debía de estar en sus genes. En efecto, cuando uno es tan pobre como lo era él, no les cobra por sus servicios a los ricos, cuando son tan ricos como lo eran éstos. Uno simplemente se pone en sus manos, pone en sus manos todo el resto de su vida y la vida de sus hijos. Después de todo, había miles de millones de dólares en juego. Por tratarse de una cuestión de vida o muerte, era como si la fortuna entera de la familia se tradujera a fajos de billetes y lo metieran todo en un maletín. La suma era tan descomunal, y lo que él podría pretender, o querer, o inclusive soñar, una fracción tan minúscula, que las dos cantidades eran casi incongruentes. Por más que tratara de no pensar en el tema (ya tendría tiempo, cuando hubiera transpuesto la puerta de la oficina) no pudo impedirse un fugaz cálculo relacionado con los fascículos. Fue un cálculo totalmente «en el aire», en la pura relatividad de la fantasía, porque todavía no había ido a pedir presupuesto a ninguna imprenta; se había propuesto hacerlo en esos días, pero esto se lo impedía, o mejor dicho le daba una buena excusa para seguir postergándolo. Sea como fuere, editar era muy barato y al lado de los negocios que se manejaban aquí resultaba un gasto marginal insignificante. Así le gustaba pensarlo: como si la parte financiera pudiera anularse. Eso le daba su pleno sentido a su empresa editorial. Se daba cuenta, en ese fantaseo momentáneo, de que ahora podía pensar en serio cosas que había venido poniendo en el rubro «fantasía», como las tapas duras, de cartoné recubierto de papel satinado, y las ilustraciones a todo color. El salto de lo grande a lo pequeño, de la fortuna de estos magnates a sus minúsculas transacciones con alguna imprenta de barrio, era tan enorme, que en él todo se hacía posible: todos los lujos, como páginas desplegables, tintas vegetales, papeles transparentes intercalados, troquelados... Y no es que se hubiera abstenido de pensar en estas posibilidades: casi podía decir que no había hecho otra cosa. Pero lo había hecho, aun cuando condescendía a los detalles más prácticos, en términos de fantasía impráctica. Ahora de pronto intervenía la realidad, y era como si debiera recuperar cada uno de sus sueños, y cada rasgo de cada pasaje de cada sueño, y volver a pensarlo. No veía el momento de estar de vuelta en su casa en Flores, abrir su carpeta de apuntes sobre los fascículos, releer las notas una a una, porque todas, estaba seguro, se mostrarían maravillosamente nuevas a la luz de la realidad. Para hacer más rápido tomó un taxi. Por una vez, se dio el lujo de no responder a los groseros intentos del taxista de darle conversación; tenía demasiado en que pensar. Claro que la plata todavía no la tenía y hasta la había rechazado de antemano. ¿Y si estos sujetos, en su insensibilidad de millonarios, se lo tomaban literalmente? Era muy probable, era lo más probable del mundo. Pero no valía la pena preocuparse por ahora.

Ese domingo, a las diez de la noche:

—Ring, tling, tlang.

Le abrió la puerta una mucama de uniforme. Era una mansión vieja y palaciega, enorme, en la Recoleta. Lo hicieron pasar a una salita lateral, donde estaba uno de los hermanos, con una señora sentada en una silla de ruedas, que le presentó como la madre. Desde el vestíbulo el Doctor Aira había visto fugazmente salones en penumbras, con ricos muebles y cuadros en las paredes. Era la primera vez que entraba a una casa tan distinguida y le habría gustado examinarla a su gusto, sin apuro. Pero no era la ocasión. ¿O sí lo era? Mientras intercambiaba unos saludos triviales pensó que en realidad nada le estaba prohibido, ni siquiera pasearse por esos salones con toda tranquilidad; porque los demás no sabían cuál era su método y por definición podían esperar cualquier cosa, por ejemplo que él les dijera que era necesario que salieran todos de la casa, incluido el personal de servicio, porque él debía quedarse solo con el paciente durante una hora o dos. Pensarían que iba a usar algún tipo de radiaciones invasoras, potencialmente peligrosas, y se apresurarían a irse, con la vieja en la silla de ruedas a la rastra, se meterían todos en sus Mercedes y esperarían en la casa de alguno de los hermanos. Total, ¿qué les costaba? Y él tendría la casa para él solo durante ese lapso, como si fuera el dueño; se le pasó por la cabeza la posibilidad de echarse al bolsillo algún objeto valioso, pero lo descartó como un anticlímax bastante sórdido.

Sea como sea, ese interior le sugería la respuesta a un enigma que sólo ahora, al intuir su solución, se planteaba. ¿Qué hacían sus contemporáneos cuando él no sabía nada de ellos? ¿Qué hacían los grandes escritores o artistas que él admiraba, en los períodos a veces tan largos en que no estaban presentando un libro o haciendo una película o inaugurando una exposición? La frecuentación de los libros lo había acostumbrado a considerar a los grandes nombres como individuos muertos, por la simple razón de que en general lo estaban: para que sus obras o su fama llegaran a él había debido pasar un tiempo, y más para que se decidiera a estudiarlos, y esa postergación las más de las veces alcanzaba y sobraba para que una vida humana completara su ciclo. De ahí que sintiera un ligero sobresalto cuando en ocasiones se enteraba de que tal o cual famoso estaba vivo, viviendo simplemente, sin hacer las cosas por las que era famoso. Se hacía una especie de blanco, en el que la naturaleza de la fama se negaba a sí misma. Nunca se lo había explicado porque en realidad nunca se había puesto a pensarlo, pero ahora lo veía con toda claridad: lo que hacían era vivir, aunque no vivir sin más, lo que habría sido una perogrullada, sino gozar de la vida, practicar el «arte de vivir» en casas como ésta, o no tan lujosas pero de todos modos dotadas de las comodidades para pasarla bien y ocupar el tiempo sin inquietudes. Por un enlace entre el razonamiento y la imaginación, en ese momento sentía que él podía hacer lo mismo, de ahora en más.

No bien se hubo sentado tuvo que volver a ponerse de pie porque entraron los restantes hermanos, a informarle que el paciente estaba despierto y esperándolo. Ellos no se sentaron, por lo que él no volvió a hacerlo. Le decían que habían adelantado el horario de la inyección de modo que estuviera lúcido a las diez. No sabían si era necesario, pero el mismo paciente lo había preferido así.

—Perfecto —dijo el Doctor Aira por decir algo y sin dar las explicaciones que debían de estar esperando.

En un abrir y cerrar de ojos, no supo bien cómo, estaban subiendo la escalera, rumbo al dormitorio. El momento de la verdad se aproximaba.

Y la verdad era que todavía no había terminado de decidir qué hacer. Había pasado los últimos dos días barajando alternativas, en la misma incertidumbre en que había pasado las últimas décadas, desde el día ya lejano de su juventud en que había tenido la intuición de las Curas. La idea se había mantenido más o menos intacta desde entonces, descontando las alternancias de duda y entusiasmo naturales en una concepción genuinamente original. Había sido el centro de su vida, el eje sobre el que giraban sus lecturas, sus meditaciones, sus muy variados intereses. Claro que para mantenerla en esa posición central había debido dotarla de una plasticidad a prueba de cualquier definición. Había estado siempre bajo su mirada, como la proverbial zanahoria colgada delante del burro, marcando la dirección de su prolongada huida hacia adelante. Le debía su vida, la vida que al fin y al cabo había vivido, y por eso le estaba agradecido. No podía quejarse de ella sólo porque en este instante decisivo se negara a darle una receta práctica. No quería mostrarse ingrato como esos consabidos sablistas que se pasan veinte años recibiendo plata de un amigo generoso y por una sola vez que no puede o no quiere complacerlos lo condenan sin apelación.

Además, se había repetido durante ese fin de semana atípico, ya se le ocurriría algo. No es que confiara tanto en su calidad de improvisador, de la que por el contrario tenía serios motivos para desconfiar. Pero sabía que bien o mal saldría del paso, porque siempre se sale. Basta con que el tiempo pase, y es inevitable que lo haga. No se trataba estrictamente de «improvisar» sino de encontrar en el poblado tesoro de las reflexiones de toda su vida el gesto que viniera a punto. Era menos una improvisación que una mnemotecnia instantánea. La evaluación de los resultados era otra cosa. Ya habría tiempo, a su vez, para eso. Después de todo, si era un fracaso, sería el primero, y el último.

La puerta del dormitorio. La abrieron, lo invitaron a pasar con un gesto. Entró... Y fue como si entrara a otro mundo, incomparablemente más nítido y real, un mundo de acción pura y compacta donde no hubiera lugar para el pensamiento y donde sin embargo el pensamiento estuviera destinado a triunfar al fin.

El primer impacto se lo produjo la iluminación, que era muy blanca y muy fuerte; le pareció excesiva, aunque quizás fuera el contraste con la enlutada penumbra del resto de la casa. Aun así, era lo que menos podía esperarse de un cuarto de enfermo, salvo por la atmósfera de quirófano. Como su mirada se fijó de inmediato en la cama, y en el hombre acostado en ella, apenas si pudo registrar con la atención marginal algunos elementos que contribuían a crear un ambiente de alta tecnología y explicaban la clase de luz.

El hombre en la cama justificaba el interés más absorbente del Doctor Aira. Nunca antes había visto a alguien tan cerca de la muerte. Tan cerca que ya se había despojado de todos sus atributos y era puramente humano. Y a su vez ese despojamiento lo apartaba de lo humano. Su primera impresión fue que era demasiado tarde. Si había alguna posibilidad de reconducirlo a la vida, debía ser por el camino de alguna de sus cualidades. Y se diría que ya no quedaba ninguna; quizás él mismo, en el proceso espiritual de preparación para la muerte, había completado la «limpieza» puesta en marcha por la enfermedad. Pero no era así. Por más que hubieran hecho, él y el cáncer, todavía le quedaba un atributo: la riqueza. Podía haber cortado todos los lazos con la vida, pero seguía siendo el dueño de esta casa, y de sus campos y sus fábricas. Y con eso bastaba, porque el dinero tenía la maravillosa propiedad de incluir todo lo demás. Indudablemente, debía partir de ahí.

Le bastó pensarlo para volver a situarse en la realidad. Miró en torno. La habitación era grande, y había mucha gente, todos desconocidos para él salvo los hermanos del paciente. Todos lo miraban, pero no hubo intenciones de presentarlos de a uno, así que se limitó a saludar en general con una inclinación de cabeza y dedicó su atención al ambiente y el mobiliario. Había sillas, sillones, mesas, bibliotecas y una buena cantidad de aparatos electrónicos. Aunque eran lo más notorio, tardó un momento en registrar dos modernísimas cámaras de televisión, sobre sendos trípodes, una a cada lado de la cama y con sus respectivos camarógrafos, dos jóvenes con auriculares inalámbricos. Al mismo complejo pertenecían evidentemente los reflectores encendidos y los grandes micrófonos de bocha de felpa negra ubicados en puntos estratégicos, las bandejas para amortiguar ecos, y un operador sentado ante una batería de ecualizadores contra una pared. Se preguntó, intrigado, si sería una costumbre de la que no había oído hablar, la de registrar los últimos días de la gente importante. No era así, se enteró de inmediato, porque uno de los hermanos, como si le hubiera leído el pensamiento, le dijo:

—Si no tiene inconvenientes, queremos filmar su trabajo. —Sin darle tiempo a responder, se apresuró a aclarar—: Es para cubrirnos ante los accionistas, por si acaso.

El Doctor Aira balbuceó algo, y ya que estaba mirando para abajo pudo notar que no había cables cruzando el piso, lo que era muy conveniente porque de lo contrario seguro que habría tropezado.

A una discreta señal del hermano que había hablado, los dos camarógrafos pusieron un ojo en los visores y se encendieron los puntitos rojos de sus aparatos. Como si hubieran accionado una palanca en su cuerpo, el Doctor Aira perdió naturalidad. A partir de ese momento, lo que sucedía en su superficie dejó de coincidir con los episodios psíquicos, los cuales, liberados de la restricción expresiva, tomaron una velocidad propia. En cierto modo, pudo dar por anulado el exterior: las enfermeras, los parientes que tomaban asiento como si se dispusieran a escuchar un concierto y un grupito de adolescentes que lo miraban con un vago gesto de desaprobación. ¡Qué le importaba! Aliviado de la naturalidad, sentía como si todo le estuviera permitido.

Se acercó a la cama. El hombre estaba acostado boca arriba, la cabeza y la espalda sobre almohadones, un soporte ortopédico en el cuello. Los brazos se extendían por encima de la sábana celeste, doblada a la altura del corazón. No llevaba reloj. En el anular de la mano derecha, una gruesa alianza de oro.

Los rasgos estaban fijados en una mueca ligeramente malhumorada, de pocas pulgas. No tenía un solo pelo en la cabeza. Lo estaba mirando, él también, pero las pupilas estaban desprovistas de movimiento. El Doctor Aira trató de leer en esos ojos que lo miraban, y lo único que se le ocurrió fue la idea melodramática de que tenían la textura de la muerte. La muerte siempre está cerca, y sus formas y colores habitan los dibujos del mundo, mostrándose pero a la vez ocultos, demasiado visibles, actuando como un narcótico para la atención. Uno sólo ve lo que quiere ver. Es como si la desaparición formara parte de la aparición. A veces se necesita una palabra (la palabra «muerte») para que resalten los volúmenes y las perspectivas. La palabra había sido pronunciada en esta ocasión, y el Doctor Aira comprendió que sólo a partir de ella tenía alguna posibilidad de éxito. El único camino de acción era dar por muerto a este hombre; la acción de la vida se había agotado; no sólo podía dársela por terminada, junto con todos los tratamientos y remedios espirituales, sino que debía hacerlo y empezar por el otro lado. No había otro modo de empezar.

Una idea amanecía en su cerebro, y sus fases se precipitaban en cascada. En realidad nadie lo apuraba, pero él estaba lanzado sobre el tiempo. Se preguntó si tendría espacio suficiente. Apartó los ojos de los del paciente, donde los había tenido clavados, y al hacerlo sintió que perdía algo de su fuerza. Aun así, por inercia, siguió calculando. A la derecha, en la pared que daba a la calle, había una gran puertaventana cubierta con un grueso cortinado de terciopelo rojo oscuro. Fue hacia ella, acertó con el cordón que hacía correr la cortina hacia los costados y abrió las dos hojas: había un balcón. No salió (temió que pensaran que se iba a tirar), pero echó una ojeada hacia arriba. Enfrente, entre dos edificios altos, se veía una franja vertical del cielo estrellado. Volvió hacia la cama dejándola abierta. La noche era fría y empezó a sentirse; pero nadie puso objeciones. Miró a los ojos del paciente, para recargar las baterías. Necesitaba de todo su vigor para lo que se proponía intentar.

Era una vieja idea, que había quedado latente en el fondo de su mente todos los años que había dedicado a las Curas Milagrosas. No había llevado una cronología estricta en sus registros, y los papeles se le habían mezclado y vuelto a mezclar mil veces (sus ideas eran las anotaciones de sus ideas), de modo que no habría podido asegurarlo, pero tenía la impresión de que era la primera idea que se le había ocurrido en el tema, la Cura Milagrosa original. En ese acaso, de acuerdo con la ley de los Rendimientos Decrecientes, era la mejor. Simplificando un poco, el razonamiento en el que se basaba era el siguiente:

Un milagro, en el caso de que tuviera lugar, debería movilizar los mundos posibles, ya que una ruptura de la cadena causal no podía suceder en la realidad sin que se estableciera otra cadena, y con ella otra totalidad distinta. Pero en tanto se trataba de mundos alternativos la operación seguía siendo una fantasía impráctica. En los hechos el mundo era uno solo, y de ahí provenía el veto infranqueable al milagro. Y en efecto, no había milagros, eso cualquiera podía comprobarlo, con un poco de sentido común. Alguien que, como el Doctor Aira, no creía siquiera en Dios, no podía conservar ni una remota duda al respecto. Ahora bien, que no hubiera milagros ya hechos no quería decir que no pudieran suceder; la superstición, la ignorancia, la credulidad estaban en pensar que podían darse milagros así nomás, en la naturaleza. En cambio, producirlos, fabricarlos, como artefactos, o mejor, como obras de arte, sí era posible. Para ello no había más que introducir la dimensión del tiempo humano, y no era difícil hacerlo porque el tiempo participaba, por su mismo peso, en toda actividad humana, y tanto más en las que conllevaban grandes esfuerzos y dificultades casi sobrehumanas. En términos prácticos y cotidianos, el tiempo está produciendo una constante mutación del mundo. Pasa un minuto, o una centésima de segundo, y el mundo ya es otro, pero no otro del catálogo de mundos posibles sino otro posible real, es decir el mismo, porque tiene el mismo grado de realidad. Y «el mismo» equivale a «el único». En este Uno de transformaciones, por otro nombre «lo real», funcionaba la idea del Doctor Aira para producir milagros.

En estas condiciones, un milagro era simplemente algo imposible. Se lo creaba de modo indirecto, por la negativa, excluyendo del mundo todo lo que fuera incongruente con él. Si lo que se quería provocar era que un perro saliera volando, no había más que poner al margen todos y cada uno de los hechos, sin excepción, que no fueran compatibles con un perro volando. Ahora bien, ¿cuáles eran esos hechos? Ahí estaba la clave del asunto: en hacer la elección correcta y exhaustiva. Había que cubrir un campo amplio: nada menos que la totalidad del Universo. No había límites preestablecidos, ni temáticos ni formales; el alcance de lo «componible» era, justamente, total. El hecho o cualidad, o constelación de ambos, más alejado, podía ser parte de la gran figura dentro de la cual el Milagro podía o no tener lugar. Tampoco había niveles que observar, porque la línea podía atravesarlos todos, hacia arriba o hacia abajo (o a los costados). De lo que se trataba era de poner en juego la mayor de todas las Enciclopedias y de hacer en ella la lista pertinente. ¿Quién podía hacerlo? La respuesta habitual, la que se había venido dando desde la más remota antigüedad era: Dios. De ahí que el Milagro hubiera quedado en su jurisdicción. La originalidad del Doctor Aira estaba en postular que el hombre también podía. Se le había ocurrido una vez, al oír una reflexión casual de su amigo Alfredo Prior, el pintor. Hablando de cuadros (quizás de Picasso, o de Rembrandt), Alfredito había dicho: «Ninguna obra maestra es del todo perfecta, siempre tienen algún descuido, alguna falla, algún punto chapucero». Podía ser una observación fáctica, pero también era una verdad profunda, que el Doctor Aira atesoró. La acción humana no sólo contenía la imperfección, sino que debía partir de ella en su busca de eficacia. El desaliento en la cuestión del Milagro provenía de no reconocerlo. Si en cambio se aceptaba la falla, crear un milagro era tan fácil (aunque tan difícil) como crear una obra maestra del arte. Simplemente había que darse algo de tiempo. Dios podía revisar toda la Enciclopedia y hacer las elecciones justas, en un instante; el hombre necesitaba tiempo (digamos una hora) y darse un margen de error en las elecciones confiando en que fueran errores no decisivos. Después de todo, ese mecanismo tenía un antecedente en el funcionamiento cotidiano de la gente: la atención, que también compartimentalizaba el mundo y, pese a sus frecuentes errores, lograba el grado de eficacia necesario para que su portador sobreviviera, y hasta prosperara.

Hasta ahí había llegado la idea, y era bastante. Toda la deducción de la realidad del Milagro estaba ahí. Quedaba por elaborar (pero esto ya era para los fascículos) el aspecto histórico de la cuestión, vale decir por qué, a la luz de estos descubrimientos, había épocas o modos de producción poblados de milagros, y otros en los que no se daba ni uno.

También había quedado pendiente, hasta ahora, el aspecto práctico propiamente dicho, es decir, cómo hacerlo, una vez probado que era posible. Cuando la teoría es sólida, la práctica se da sola. Basta con ponerse, y si él no se había puesto era porque no se había presentado la ocasión. Ahora sí llegaba el momento, y era inútil reprocharse haber dejado la delicada cuestión de la práctica, íntegra, para ser improvisada en el teatro de operaciones, con las inmensidades de tiempo libre que había tenido en el curso de los años; porque la experiencia le había enseñado que la práctica no podía pensarse como teoría o, si se la pensaba, cambiaba de naturaleza, se volvía teoría, y la práctica en sí quedaba de todos modos sin pensar. Era inútil lamentarse, sobre todo porque ya estaba viendo la solución, que acudía puntualmente a la cita, y aunque era muy complicada se le aparecía toda junta, en una cascada cuyo movimiento conocía bien. Como un *bricoleur* filosófico, traía en su auxilio ideas o fragmentos de ideas de otros campos, y la adaptación instantánea con la que se ajustaban a sus necesidades lo exaltaba, como si todos sus problemas hubieran terminado.

Del campo de la edición provenía el instrumento operativo apropiado. Era el «desplegable», del que ya hemos dicho que había figurado en el listín de fantasías lujosas e irrealizables para los fascículos. Aquí la página desplegable pasaba al formato de biombo, de extensiones indefinidas aunque no ilimitadas. Con la «forma biombo» podía compartimentar de modo fácil y rápido el Universo: delgado, de una seda plástica finísima con varillas de alambre, el biombo podía pasar entre dos elementos contiguos muy juntos por una mínima luz; flexible, podía dar todas las vueltas que fuera necesario; y la capacidad de seguir extendiéndose lo hacía apto para unir los puntos más alejados entre sí, igual que los más cercanos, y aislar áreas inmensas o pequeñísimas. Sólo debía extender el biombo, aquí y allá, separando las áreas de la realidad que no fueran composibles con la supervivencia de este hombre. Dicho de otro modo: ahora el Universo era un solo ambiente, y hacia el lecho del enfermo afluían indiscriminadamente las causas, directas o indirectas, que hacían inevitable su muerte. Bastaba con alzar los biombos e impedirles el paso. Era factible porque estas causas no eran todas las que conformaban la realidad, sino una pequeña parte, escogida, eso sí, de la totalidad, por lo que no se podía excluir a priori ningún sector. Una vez que quedara configurada la «zona de seguridad», el paciente se levantaría de la cama, curado y contento, listo para vivir otros treinta años. En el mundo «abierto», tal como estaba ahora, no podía vivir; había que dejar al otro lado de los biombos todos los determinantes de esa imposibilidad. O mejor dicho: no todos, porque eso sería caer otra vez en la exigencia divina; «todos» los humanamente posibles de localizar y aislar, los necesarios para obtener el resultado, al fin de cuentas bastante modesto, de esta curación individual.

Empezó a tender el primer biombo sin saber por dónde lo haría pasar…

Pero creo que no me he explicado bien. Lo intentaré una vez más, con otras palabras. El trabajo emprendido era nada menos que la identificación de todos los hechos que conformaban el Universo, los llamados «reales» en sentido restringido pero también todos los demás: imaginarios, virtuales, posibles; y además las agrupaciones de hechos, desde las simples parejas a los millones, y los fragmentos de hechos, vale decir tanto un imperio milenario como el conato inaugural de tomar una cerveza. Los hechos debían ser tomados uno a uno; cuando se agrupaban era para formar otro hecho tan singular como cualquiera de sus componentes individuales, y no excluían la consideración aparte de cada uno de éstos; no se agrupaban por géneros o especies o tipos o familias o lo que fuera. No se podía tomar «un perro moviendo la cola» sino «este» perro moviendo la cola a determinada hora y minuto de tal día, mes, año, «este» movimiento de cola en particular.

Era la Enciclopedia total de todo, no sólo de lo singular (lo general también entraba como hecho, se singularizaba para entrar en el listín, al mismo nivel que todo lo demás). Nada que fuera menos que eso serviría. Porque si el objetivo era impedir que tuviera lugar un hecho que todo el orden del Universo conminaba a suceder, había que buscar hasta en el más remoto repliegue del Universo cada uno de los hechos que le sirvieran de concomitante.

De acuerdo, sería imposible compilar semejante Enciclopedia. Es una típica idea divina. Pero justamente la originalidad de la idea del Doctor Aira estaba en el pasaje a lo humano, por la vía de la imperfección. Porque no se la compilaba por gusto, ni por vanidad, ni por emulación, sino por una necesidad práctica urgente; para producir un resultado inmediato y tangible, y para ello alcanzaba (o al menos: podía alcanzar) con mucho menos que la perfección. No se trataba de darle al paciente una salud perfecta sino de sacarlo de este trance de muerte.

Aun así, era una tarea titánica, ya que el listado de hechos era apenas el preliminar para luego efectuar sobre él la operación propiamente dicha: la selección de los hechos concomitantes, los que debían apartarse de modo de crear un nuevo Universo provisional en el que pudiera pasar «otra cosa» y no la que debía pasar. Entre paréntesis, estas exclusiones y la formación consiguiente de un campo que hiciera las veces de otro universo, tenían un antecedente, que no era otro que la Novela. En efecto, se diría que para escribir una novela hay que hacer un listín de singularidades, y luego trazar una línea que deje «adentro» algunas de ellas nada más, y todo el resto en estado ausente o virtual. Lo que constituye una especie sui géneris de exclusión. Hay muchísimas cosas que una novela no dice, y esta ausencia hace posible que en su universo restringido tenga lugar la acción. Con lo que la novela también es un antecedente del Milagro, porque justamente en virtud de lo que se excluye es que pueden suceder los acontecimientos de los que se ocupa la novela. Es cierto que aquí no se trata de la Realidad sino de su Representación, pero si la novela es buena, si es una obra de arte y no un mero entretenimiento, toma peso de realidad ella también. Y quedaría justificada la opinión corriente según la cual una buena novela es un verdadero milagro.

La periodización del trabajo (primero la identificación de todos los hechos, después la selección de los pertinentes) la hemos hecho por motivos de claridad en la explicación. En la práctica se hacía todo junto. De modo que cuando el Doctor Aira arrancó, arrancó en bloque, y su vacilación lo abarcaba todo.

Un biombo empezó a dibujar su zigzag blanco en la inextricable confusión del todo.

Sí… En efecto… Los sitios por los que debía pasar se irían presentando por sí solos, casi sin buscarlos. Hablar de «busca» era un contrasentido, ya que, tratándose de todos los sitios, bastaba con encontrarlos; en todo caso, lo que había que buscar eran los caminos por los que orientarse entre la sobreabundancia de encuentros. Y en la acción, que ya había empezado, en el milagro de la acción, ya estaba esquivando células de mundo, y en cuestión de segundos lo tenían atareadísimo. Los elementos venían imantados a la vez por las caprichosas leyes de la atracción y por las rigurosas leyes de las leyes y también por la falta o vacío de toda ley. De ahí que en el preciso momento en que el biombo iniciaba su trayectoria se manifestaron con contornos precisos los primeros elementos entre los cuales trazar los bordes de sus exclusiones: esos elementos iniciales no eran otros que los viajes y desplazamientos: idas y venidas en avión, en taxi, en colectivo, en barco, en subte, en Rueda del Mundo, a pie, en patines… De pronto el Doctor Aira tenía muchísimo que hacer. La barra de exclusión en forma de elegante biombo blanco ya estaba separando vastas porciones del Universo. De los vuelos en avión que contenía el Universo dejó «afuera» la mitad más o menos, para darse un margen aceptable; claro que no sabía cuáles eran compatibles o incompatibles con la vida de este hombre, así que tendió el biombo en un zigzag que de todos modos le era connatural, para optimizar las probabilidades. Con que un solo viaje en avión, perteneciente al Universo en el que el paciente moría de cáncer, quedara «adentro», bastaría para echarlo todo a perder; pero más valía no pensar en eso; el derrotismo era mal consejero, y además el derrotismo, todo derrotismo, también era un elemento del mundo que había que separar en composibles e incomposibles: ya le llegaría el turno.

Esta primera operación ya se complicaba. El trazo sinuoso del biombo no era unidimensional, porque al mismo tiempo que el elemento «viaje en avión» surgían otros como los lugares geográficos que unían esos viajes, y los distintos aviones, la comida que servían a bordo, los horarios, las caras de las azafatas, los vecinos de asiento, las nubes, los motivos por los que haberse embarcado, y mil más; así que el zigzag del biombo se multiplicaba en niveles y direcciones como un pompón monstruoso; en todas sus líneas el Doctor Aira trató de trazar el mismo zigzag, pero fue variando las proporciones de incluido y excluido.

Esto último se debía a que, si bien se trataba de la humanidad, y la teoría respondía a lo humano tal como se manifestaba en lo real, estaba haciendo una cura personalizada. De modo que debía tomar en cuenta, así fuera a grandes rasgos y adivinatoriamente, el estilo de vida de este hombre. Ahí ya estaba operando con el elemento «estilos de vida» y concomitantes. No tenía una idea muy clara (nadie la tiene) de la rutina de un millonario, pero podía imaginársela y complementar sus fantasías con el sentido común. Por ejemplo, era simple lógica calcular que este sujeto debía de viajar poco y nada en colectivo, tanto en el mundo en el que moría de cáncer como en el que estaba en proceso de crearse, en el que se salvaba. Pero no había que apresurarse a sacar conclusiones de ese hecho, porque sus empleados sí viajaban en colectivo, y también lo hacían los familiares y amigos de sus emplea-dos, y algún mesero de restaurante que lo había atendido una vez, y la suegra de ese mesero, y la gente en general, que se acoplaba al sistema en sus ramificaciones cercanas y lejanas. La línea de biombos hacía pompón aquí tam-bién, y bastaba pensar en la complicación virtualmente infinita de las líneas de colectivos en Buenos Aires, en un corte de tiempo, o plano, y en todos los cortes de cada ins-tante desde la invención del colectivo, para concebir la cantidad de curvas que debía asumir la separación. El biombo hendía posibles como una lámina de acero en un pan de manteca, era como si la materia se prestara espe-cialmente. ¡Menuda sorpresa se llevarían al día siguiente los que fueran a tomar el 86 para ir al trabajo, y descubrie-ran que en el nuevo universo el 86 no iba más por Rivada-via sino por Santa Fe, o que ya no existía, o se llamaba 165! Pero no, nadie se sorprendería, porque la «sorpresa» y cada sorpresa individual, lo mismo que cada rutina labo-ral (sin hablar de los nombres de las calles y el trazado del mapa urbano), también era objeto de separaciones, y el nuevo universo resultante, quedara como quedara, sería necesariamente coherente. Y, por supuesto, el transporte colectivo de Buenos Aires no era el único afectado, lejos de ello.

Después de los viajes le tocó el turno a la luz, elemento que abarcaba desde los fotones a los claroscuros que representaban los volúmenes de un cuerpo en algún grabado de cobre del siglo barroco... Era un rubro amplio, porque no había ocasión que no hubiera estado envuelta en luz; sin ir más lejos, cada uno de los viajes de los que se había tratado antes estaba iluminado, y había una completa serie de posibles lumínicos en cada uno, como lo había en cada ocasión sucedida o concebible. En realidad, esta «generalización» se daba en todos los rubros; en el de los viajes o desplazamientos también, porque ¿acaso había una ocasión que no implicara, de un modo u otro, algún movimiento? Luego, todo era viaje, así como todo era luz... Los trayectos de los biombos revertían sobre sí mismos, al punto que era posible actualizar un trayecto anterior para que cumpliera una nueva función.

Con la luz se presentaba una dificultad adicional, y era que la luz, o mejor dicho la iluminación, sucede en una intensidad determinada, la cual es la actualización de un continuo de intensidades que sólo arbitrariamente puede graduarse. ¿Pero era una dificultad propia del elemento «luz» o era una cualidad de todos los rubros? Para no salir del rubro ya elaborado, el de los viajes, también en éstos había un continuo: la extensión de la trayectoria recorrida. O muchos continuos: el de la velocidad, el del placer o disgusto con que se hiciera el viaje, el del monto de percepciones captadas durante su transcurso... Y al igual que sucedía con la luz, la intensidad no era el único continuo en juego, ya que también estaban la temperatura emitida, la resistencia atmosférica, el color...

Las cosas estaban sucediendo en menos tiempo del que se necesitaba para explicarlas. Si el Doctor Aira hubiera podido pararse a pensar, se habría preguntado por la secuencia «viajes-luz». Por qué había empezado por unos, por qué seguía por la otra. ¿Qué clase de catálogo estaba consultando? ¿De dónde venía el listín? De ninguna parte; no había catálogo, ni orden. En toda la operación de la Cura había una perfecta coherencia de verosímil, como en una novela (otra vez). No era como en el teatro, donde puede suceder cualquier cosa descolgada de las demás, y entonces sí se puede recurrir a una lista de temas para ir sacándolos con un criterio estético; en todo caso, si quisiéramos aferrarnos a la metáfora del teatro, habría que pensar en el drama burgués, de pesados presupuestos psicosociales haciendo las veces de verosímil.

El verosímil en estado puro que actuaba aquí se identificaba con la simultaneidad. De modo que decir que después de la luz vinieron las banderas no es más que un modo de hablar. Las banderas de todas las naciones del mundo, las que habían flameado alguna vez y las posibles que las acompañaban en su recorrido por la Historia; en sus dibujos y colores, sus sedas o papeles o impresiones retinianas, se sostenían en la luz y los viajes. Un frondoso pompón de biombos separó la esfera completa del Universo dejando unas banderas adentro y otras afuera. De inmediato, se trataba del corte de pelo. Biombos. Decenas de millones de peluquerías, *coiffeurs*, tijeras, quedaban excluidas del Nuevo Mundo de la Cura, y otros tantos quedaban adentro.

Colaboraba con la simultaneidad el hecho de que en el proceso los biombos que trazaban una separación seguían su trayectoria un poco más allá (no había límites establecidos) y, un poco al azar, esbozaban una separación en otro rubro contiguo, en otros planos y niveles. El Doctor Aira aceptaba esas contribuciones del azar, porque no estaba en condiciones de rechazar ninguna ayuda. Asimismo, empezó a notar que un mismo biombo efectuaba más de una separación, por efecto de la superposición de campos en el sentido.

Se preocupaba moderadamente por el hecho de que cada «rubro» coincidiera con una palabra. No ignoraba que el Universo no puede discriminarse en palabras, y menos las de un solo idioma. También estaba usando frases («corte de pelo» era un caso), y más en general trataba de hacerse sordo a las palabras, de ponerse en un espacio más allá de ellas. Pero constituían un buen punto de partida, por sus connotaciones y asociaciones, las llamadas «ideas afines». Así la palabra «sexo». Trazó un loco zigzag de biombo, dejando afuera una mitad de actividad sexual pasada y futura. Los haces de biombos que subían y bajaban, por los niveles de participante, placer, modalidad, etcétera, conformaban otra vez el consabido pompón. Por ser una materia especialmente delicada, hizo las separaciones con especial brutalidad. El paciente podría salir de la cama para enterarse de que no había tenido determinada amante, o que le gustaban los muchachos, o que una vez se había acostado con una china, pero todo valía la pena, si el precio era la vida. Que lo mismo le pasara al resto de los habitantes del planeta, incluidos los animales, era menos importante porque las memorias individuales, al poder funcionar sólo con la parte que quedara dentro del nuevo universo, no recordarían nada. Muchas bellas historias de amor se desvanecerían en el éter, y nunca habrían sido.

Los extremos de los biombos seguían excediendo los campos de sentido, y creando otros que de inmediato, casi por la inercia previa de su despliegue, cortaban en grandes zigzags salvajes. La astronomía. La capacidad de aprender a hablar de loros y mirlos. El motor diésel. Los asirios. El café. Las nubes. Biombos, biombos, biombos. La proliferación estaba teniendo lugar por todas partes, y había que estar atento para que no quedara ningún sector sin sufrir su correspondiente separación. Por suerte el Doctor Aira no tenía tiempo de notar el estrés al que estaba sometido. La clave era la atención, y quizás nunca un hombre empleó tanta como él durante esa hora. De haber sido menos seria la circunstancia, de haber podido adoptar un punto de vista más frívolo, se habría podido decir que todo el procedimiento era un incomparable creador de atención, el más exhaustivo que pudiera concebirse para ejercitar ese noble atributo de la mente. Y no se necesitaba un superdotado; un hombre corriente podía hacerlo (y con llegar a ser un hombre corriente el Doctor Aira se habría dado por satisfecho) ya que la Cura creaba toda la atención que exigía. No era como los juegos electrónicos, que siempre están intentando burlarla o esquivarla o adelantarse a ella; para usar ese símil habría que decir que el operador de la Cura era su propio juego electrónico, su propia pantalla y sus propias añagazas, que lejos de desafiar la atención la alimentaban. Con todo, el esfuerzo era sobrehumano, y quedaba por ver si el Doctor Aira podría soportarlo hasta el fin.

El desgaste no sólo era mental, sino también físico. Porque si bien los biombos eran imaginarios, el trabajo de desplegarlos y colocarlos en los vastos terrenos colmados del Universo era muy real. Los tomaba por el borde superior, con los dedos índice y pulgar de las dos manos, y los abría estirando los brazos, y como eso casi nunca alcanzaba, debía desplazarse, con saltitos de costado... después volvía a retocar la línea, para acentuar o debilitar los ángulos; en general evitaba la línea recta, que se formaba cuando había estirado el biombo con mucha fuerza, porque la recta era demasiado tajante, y sus separaciones debían ser más matizadas: en las entrantes y salientes del biombo sin estirar podía quedar incluido o excluido un hecho, una singularidad, que por pequeño que fuera podía ser crucial; todo podía serlo.

Y había biombos que partían hacia arriba, o hacia abajo... Para seguir su trayectoria se ponía en puntas de pie, o se subía a una silla de un salto; si venía en bajada, se tiraba al piso y metía uno bajo la cama, bajo el borde de la alfombra, parecía querer hacer un agujero en el piso. Retrocedía, se adelantaba, mientras estiraba un biombo allá arriba, con la punta del pie modificaba los ángulos o la dirección de otro allá abajo. Como no veía nada más que sus biombos, y la selva de irisados elementos que hendían, sus desplazamientos en la habitación terminaban a cada momento con un choque con las paredes, con los muebles... Menudeaban los tropiezos, y se iba al suelo más de lo que estaba de pie. Según el impulso que hubiera adquirido, quedaba tendido cuan largo era o rodaba en aparatosas vueltas carnero; pero aprovechaba esas zambullidas involuntarias para tender biombos por sitios donde no habría llegado de otro modo. Todo era útil.

Su movimiento era incesante. Estaba cubierto de sudor, le chorreaba entre el pelo y tenía la ropa pegada a la piel. Iba y venía, subía y bajaba, sacudía cada célula del cuerpo, brazos y piernas se estiraban y contraían como tirados por hilos elásticos, y daba unos brincos de insecto. Su rostro, tan inexpresivo por lo común, se agitaba con las ondulaciones de un mar en la tempestad, sin detenerse en ningún gesto; los labios formaban toda clase de palabras fugaces, ahogadas bajo los jadeos, y cuando se entreabrían dejaban ver la lengua retorciéndose como una serpentina epiléptica. Si se hubiera podido seguir, a segundero detenido, el subir y bajar de las cejas, se habrían leído millones de sorpresas superponiéndose. La mirada, fija en sus visiones.

Desde afuera, y sin saber de qué se trataba, la práctica de la Cura se parecía a una danza, sin música ni ritmo, una especie de danza gimnástica, que se diría destinada a poner en forma a un espécimen todavía nonato de lo humano. Había que reconocer que era bastante demente. Parecía un Quijote, dando estocadas a enemigos invisibles, salvo que su espada era un manojo de biombos metafísicos, y su contrincante el Universo.

¡Paf! Un tropezón contra una silla y se iba al suelo de cabeza, con las dos piernas agitándose; su coronilla dejaba una mancha redonda de humedad en la alfombra; pero ahí abajo seguía trabajando: la mano derecha recorría un semicírculo amplio disponiendo un biombo que separaba alegrías y pesares de mahometanos; la izquierda tiraba atrayendo un poco otro biombo que había excluido demasiadas manzanas… ¡Ya estaba de pie otra vez, elevando el acordeón blanco de un biombo vertical que atravesaba niveles de realidad separando «tardes» de «tempranos»…! Y lo que parecía un zapateo para recuperar el equilibrio era una acomodación de dos biombos aplicados a la exclusión de determinados *rickshaws* y de ciertas conversaciones. Con el pecho, con el trasero, con las rodillas, con los hombros y a cabezazos, rectificaba posiciones de biombo, ángulos o inclinaciones, en un verdadero baile de San Vito. ¡Y pensar que esa marioneta grotesca estaba creando un nuevo Universo!

Así seguía. Podría haberse pensado que el espacio de representación del que disponía se iba a atestar, y se le iba a hacer incómodo seguir metiendo biombos. Pero no era así porque el espacio no era exactamente el de una representación, sino el de la realidad misma. De modo que la miniaturización operaba su propia ampliación. Como en un big bang unipersonal, el espacio se creaba en el proceso, no estaba esperando su llenado, y entonces dentro de cada pompón se formaba un Universo entero.

En honor de la realidad había dejado abierta la puerta del balcón. Por ella escapaban hacia el firmamento largas tiras de biombo. De algunas no veía siquiera qué estaban excluyendo, pero confiaba que de todos modos dejaran de este lado por lo menos una singularidad de cada ramo. Como suele suceder con los trabajos muy difíciles, llegaba un punto en que lo único que le importaba era terminar. Casi se desinteresaba de los resultados, porque el resultado que englobaba a todos los otros era terminar lo que había empezado. Realmente había que poner manos a la obra para comprobar qué exigente era la problemática del Todo, a qué presión de romperse la cabeza obligaba… Sólo viviéndolo lo comprobaba; todo cálculo o fantasía previos se quedaban cortos. Anhelaba ardientemente, aun sin tener tiempo para hacerlo, volver al modo humano, tanto más relajado porque permite todas las licencias. Y, sin embargo, lo que estaba haciendo era humano en el fondo, y dado el mecanismo de reabsorción automática que actuaba en la Cura, el deseo de terminar conducía al fin, el cansancio acercaba al descanso, la presión al relajamiento.

Y, en efecto, las varillas de los últimos batientes de cada biombo empezaban a soldarse con las de los biombos que habían terminado cerca, con lo que concluía el proceso de cerco de las áreas excluidas. Esas soldaduras se hacían solas, una tras otra, en cascadas de billones que hacían estallar el corazón del segundo, de los últimos segundos. Producían un aceitado chispazo blanco, en el negro profundo de la Noche. Tenía algo de pesadilla, ese «shluik…». A esa impresión de delirio febril contribuía el agotamiento del Doctor Aira, que en el extremo de sus fuerzas tenía náuseas, se ahogaba, le zumbaban los oídos y veía puntitos rojos.

Pero lo importante era que el cerco se hacía, y se formaba el nuevo Universo, tan inabarcablemente complejo como lo había sido hasta ahora el Universo viejo, pero distinto, y apto para que el cáncer de este hombre en la cama nunca hubiera sido… El trabajo de la Cura se completaba frente a sus ojos semicerrados por la fatiga, sus brazos caían, fláccidos, las piernas apenas si lo sostenían, la habitación, que volvía a ver, valsaba en el mareo, y dentro de ella la cama con el paciente, los spots, los *cameramen*, las enfermeras, los familiares… Para la próxima vez, se dijo en medio de un agotamiento que lo idiotizaba, debía pensar en una máquina que tendiera los biombos por él. A la luz de un sistema automático, digno de los tiempos que corrían, este baileteo al que se había librado quedaría como una prehistoria artesanal e imperfecta de la Cura. Pero antes de pensar en una improbable segunda vez, quedaba esperar el resultado de ésta.

Y era una espera realmente cargada de incógnitas. Ya al presenciar las soldaduras, en la súbita pasividad que éstas le permitían después de un compacto de acción sin respiro, había percibido que con cada «cierre» cambiaba el verosímil y volvía a cambiar con el cierre siguiente; los cierres, por supuesto, no se limitaban a sucederse sino que se acumulaban, hasta formar en definitiva un solo cierre. Era un caso extremo de «hacer cosas con palabras». La transposición de verosímiles era vertiginosa, y el Doctor Aira no tenía modo de saber dónde iba a quedar parado al final. De eso se trataba al fin de cuentas.

No tardó en saberlo. De hecho, en la sobredeterminación que habitaba el instante, el despertar lo estaba produciendo también una carcajada… que participaba de la pesadilla, pero en otro nivel. Las risas se reproducían a su alrededor, reordenando y dando sustancia al espacio del dormitorio, y a partir de él al de la mansión, y el barrio, y Buenos Aires, y el mundo. Sólo él tardaba en ordenarse, y en entender lo que pasaba; se conocía a sí mismo y estaba resignado a esos retrasos. Lo único que sabía por el momento era que lo que pasara en la realidad a partir de ese momento dependía del ángulo de colocación de alguna aleta de biombo, no importaba lo remota que fuera, por ejemplo la que había aislado de este nuevo Universo de realidad una hoguera, o la chispa volante de una hoguera, en la prehistoria de los pueblos maoríes… En medio de las risas, sus ojos se abrían a un Nuevo Mundo, nuevo de verdad.

Y en este nuevo mundo los presentes se reían a carcajadas, los camarógrafos apagaban las cámaras y las bajaban de sus rostros, revelando que eran los dos falsos médicos de la ambulancia de la calle Bonifacio, y el enfermo, ahogado de risa, se sentaba en la cama, y lo apuntaba con un dedo, pero no podía decirle nada porque la risa se lo impedía… ¡Era Actyn! El miserable… ¡Todo había sido una puesta en escena suya! O al menos eso creía él. Lo cierto era que no se estaba muriendo, no tenía cáncer ni lo había tenido nunca, no era un empresario riquísimo… El verosímil había cambiado por completo. Las risas se justificaban, la alegría no podía tener más motivo. Después de años de intentarlo en vano, Actyn había logrado que el Doctor Aira produjera el papelón más grande de su carrera, el definitivo… Y lo era en realidad: el papelón como cambio de verosímil, es decir como huella visible, la única que podía quedar inscripta en la memoria, de la transformación de un Universo en otro, y por ello de la eficacia secreta de la Cura Milagrosa.

Pringles, 6 de septiembre de 1996

EL TILO

El tilo es un árbol chico, elegante, de tronco delgado, que parece siempre joven. En la plaza de Pringles, además de diez mil tilos de ésos, normales, había uno que por un extraño capricho de la Naturaleza se había vuelto enorme, venerable, el tronco retorcido, la copa impenetrable; veinte de los otros tilos fundidos en uno no habrían hecho éste. Yo le había puesto de nombre el Tilo Monstruo. Lo miraba con cierto pavor, o por lo menos respeto, pero también con cariño, porque, como todos los árboles, era inofensivo. Nadie había visto un tilo de ese tamaño en otra parte, y los pringlenses lo teníamos por un monumento a la singularidad del pueblo. Era una aberración, pero grandiosa, con la majestad exótica de lo único e irrepetible.

Mi papá, víctima consuetudinaria del insomnio, iba a la plaza con una bolsa, a principios del verano, a recoger florcitas de tilo que después secaba y usaba para hacer un té que tomaba por la noche después de la cena. Todo el mundo está de acuerdo en las virtudes sedantes del tilo, pero no sé si residirán en las flores, que se dan en unos pequeños ramos y son de un amarillo que apenas si difiere del verde de las hojas. Creo recordar que esas flores se cierran enseguida en un fruto, que es como una cápsula de forma gótica. O, al revés, esa cápsula es lo primero y después se abre en una flor... No sé si me engaña la memoria... Sería fácil sacarme la duda, porque los tilos siguen siendo lo que eran, y donde vivo, aquí en Flores, hay muchos donde podría ir a fijarme; no lo hago porque no hay nadie con menos espíritu científico que yo; pero no tiene importancia. No recuerdo si mi padre usaba las flores o las hojas o las capsulitas; lo más probable es que lo hiciera a su modo, como lo hacía todo. Quizás había encontrado el modo de aprovechar al máximo las reconocidas virtudes sedantes del tilo, y en ese caso tengo motivos para lamentar mi distracción y mi mala memoria, porque la receta, el procedimiento, sea cual fuera, se perdió con él.

También es posible que el proceso natural de floración y fructificación del tilo se hubiera alterado en ese espécimen único de la plaza de Pringles, el Tilo Monstruo. Era de él del que mi padre hacía su cosecha, y la consideraba providencial. Ninguna otra sustancia en el universo, ni los somníferos que usan los suicidas, habría logrado adormecerlo como su té de tilo, según él. Si esa propiedad residía en la alteración genética del Tilo Monstruo, entonces mis esfuerzos de memoria no tienen objeto, porque la receta no podría reconstruirse de ninguna manera.

Ahora que lo escribo, me doy cuenta de que yo también he pasado todos estos años poniendo una fe absoluta en la eficacia del brebaje. Esa fe no se basa en nada seguro; podía actuar sobre el organismo de mi padre al modo de un placebo, a partir de su propia fe (que heredé), o inclusive no actuar en absoluto. No hay nada más controvertido que la acción de los psicotrópicos, naturales o sintetizados.

No podría confirmar las virtudes especialmente sedantes del Tilo Monstruo porque ese árbol ya no existe; fue echado abajo en un acto irracional de odio político, el acto final de la leyenda pringlense del Niño Peronista, que se había refugiado en su copa una noche, y una banda de fanáticos furiosos que lo perseguía atacó el tronco a hachazos... Ese niño, de mi edad, de mi época, con el que puedo identificarme plenamente, se había vuelto un símbolo por razones familiares. «El Niño Peronista»: ¿a quién se le puede ocurrir? Los niños no tienen identificación política, no son de izquierda ni de derecha; éste debía de ser ignorante de lo que encarnaba. Pero el símbolo, como un virus fatídico, lo había infectado. Por otro lado, la infancia puede serlo todo, como reflejo o analogía. Y además, la idea, alentada por el mismo Perón, era la de una evolución de la que resultaban necesariamente niños peronistas; había una biología del peronismo.

Lo más extraño fue que esa banda era un comando de la resistencia peronista, encabezado por el colchonero Ciancio. Una compleja serie de malentendidos los había llevado a confundir el «signo» (el positivo y el negativo) de la simbolización que transportaba el niño. Lo que indica la complejidad de nuestras querellas políticas, que una simplificación posterior ha querido pintar en blanco y negro.

Esa cruel medianoche, el sonido de los hachazos se repetía como un tam tam de terror... Dije que yo era contemporáneo, y nada lo prueba más que lo siguiente: el único libro que tuve en mi infancia, o el único que recuerdo, era el libro de Sambo, un precioso librito no guillotinado en ángulos rectos como todos los libros sino con el perfil de un árbol (¡cuánto daría por tenerlo ahora!); el Niño Peronista también debía de tenerlo, o haberlo visto, porque era muy popular entonces, no sé por qué: Sambo, el niñito negro, se refugiaba de los tigres en la copa de un árbol, los tigres empezaban a dar vueltas allá abajo hasta que se fundían en una crema, según recuerdo. Pero el Niño Peronista estaba haciendo realidad la fábula, que seguía siendo a su modo, en el símbolo, una fábula de animales. ¿Acaso a los antiperonistas no los llamaban «gorilas»? ¿Y los gorilas no anidan en los árboles?

Los hachazos, y la cúpula de la medianoche encima de la Plaza, en cuyas eclípticas tenebrosas se realizaba un viaje interplanetario a todos los horrores sin nombre de la vida; a todas las figuras que alguna vez serían el arte. A otros mundos, mundos al revés, donde peronistas y antiperonistas intercambiaban posiciones.

Ese tam tam del hacha, en la oscuridad, he seguido oyéndolo todo el resto de mi vida, cada vez que pongo la oreja contra la almohada; no lo oí en la realidad, pero lo oí en los relatos del episodio que me hacía mi madre. No importa que ahora sepa que son los latidos de la sangre; ellos también pueden simbolizar esa amenaza... Tengo que cambiar de posición, ponerme boca arriba, lo que me resulta incómodo y no me permite dormir. De ahí viene el hábito cruel de no poder dormir, que lleva a pensar que no se puede vivir más.

Envueltos en el prestigio de la leyenda, adornados, deformados, esos hechos pasaron en la realidad. Es increíble que pasaran, parecen inventados, y sin embargo pasaron, y yo estuve ahí, si no en la copa del árbol sí en esos días, en ese pueblo, en ese mundo que hoy está tan lejos. Toda mi vida se tiñó de ese color irreal de fábula; nunca más pude hacer pie en la realidad.

Los libros, el arte, los viajes, el amor, las remanidas maravillas del universo, han sido una multicolor derivación de esa leyenda: todo lo que estaba en el mar oscuro encima del árbol. En ellos he sublimado la falta de una vida real… y hasta me he considerado un privilegiado. Pero la desaparición de aquel gran árbol terapéutico, en el sistema simbólico, tuvo sus efectos. Heredé una disposición nerviosa que me atormenta; en el centro de mi ser resuena una vibración que al llegar a la piel (y llega siempre, porque está ahí, siempre, cada minuto) me causa una inquietud más grande que el pensamiento… Me impide seguir viviendo, esa ansiedad… Pienso en la muerte, yo que nunca debería pensar en ella. Era inevitable que buscara remedio en el alcohol, en las drogas, sobre todo el alcohol, rompiendo sobre mí como un oleaje de desesperación… Levantarme de la cama a la madrugada, incapaz de resistir un instante más esa inquietud, y pasearme por la casa oscura hasta comprobar una vez más, como todas las noches, que no hay ningún lugar. La muerte no es una solución porque mi cadáver también va a levantarse… ¿Qué puedo hacer? Es involuntario, me domina…

Algo debía de haber en las esencias del tilo, para que mi padre se aferrara a su auxilio todas las noches, durante tantos años. Y era muy evidente que lo necesitaba, porque no hubo hombre más nervioso que él. «Cables pelados», lo llamaba mi madre a sus espaldas, o «Lechervida», haciendo referencia a un personaje dibujado de una revista humorística. Porque además de nervioso era irascible en grado sumo, siempre al borde del estallido, un polvorín. Una palabra le bastaba, un gesto, y ya estaba gritando como un loco furioso. Se necesitaba mucho menos que eso para que perdiera el control; sutilizaba las causas hasta la magia; el aleteo de una mariposa en el Japón le provocaba un ataque, en Pringles. Vivía en tensión, en carne viva, los ojos en llamas, los labios trémulos, las venas del cuello salidas hasta casi desprenderse, el cabello erizado, los miembros en perpetuo movimiento y el torso siempre volviéndose hacia un lado y otro como si adentro hubiera un animal al acecho de enemigos. Los enemigos de mi padre eran imaginarios, o habría que decir que su enemigo era el mundo; o, recurriendo al lugar común, que su peor enemigo era él mismo.

En lo anterior se han colado, no sé si contra mi voluntad o a favor de ella, un par de metáforas provenientes de una rama de la física práctica: la electricidad. Son justas no sólo por mis dones de evocación ni por mi habilidad literaria, que es defectuosa, sino por un hecho coincidente: mi padre era electricista de profesión. A veces pasan cosas así: un hombre «eléctrico» es electricista. Pasan sobre todo en los pueblos, donde todo el mundo se conoce y estos «chistes reales» se vuelven objeto de comentarios y forman una especie de saber tradicional que se transmite de generación en generación. En algún momento me sentí orgulloso de tener un padre famoso; creo que fue la única vez que le encontré alguna ventaja a esos malditos nervios que hacían tan sobresaltada la vida cotidiana. Después, tuve tiempo de desdecirme, y llegué a detestar esas famas pueblerinas, cuando les descubrí la fea cualidad que tenían, de dar pie para que a su objeto se le adjudicaran otras famas, y otras más, en una proliferación que no tenía más fin que la desocupación y la malevolencia de los murmuradores. Es un mecanismo bien conocido y no limitado a los pueblos chicos: la fama atrae a la fama, y como a ésta hay que alimentarla con nuevos materiales, la invención se hace inevitable.

Pero mi padre tenía cierto derecho a la notoriedad, antes que por esa coincidencia eléctrico-electricista. Esto es histórico, y debo poner algunas fechas para hacerme entender mejor. Yo nací en 1949, en el clímax del régimen peronista. Mis padres no eran muy jóvenes cuando yo nací, es decir que no fui uno de esos hijos automáticos del proletariado, que nacen por imposición biológica no bien sus padres dejan la infancia. En mi caso hubo planificación familiar, como lo prueba el hecho de que fui hijo único. Lo fui como todos mis amigos del barrio: éramos esa generación, precisamente, la inducida por las leyes sociales del peronismo, que le metió en la cabeza al proletariado la idea de ascender a clase media; el primer paso de ese proyecto era reproducirse sólo dentro de la medida de sus posibilidades. Este racionalismo tenía una restricción, no obstante, y era que todos querían un varón, de modo que si su primer hijo hubiera sido una niña, habrían hecho el sacrificio de probar otra vez. Lo digo en condicional porque en los hechos no se dio: todos tuvieron un varón de entrada, y se quedaron ahí. El peronismo tuvo algo mágico, algo de consumación de los deseos. En este caso pudo influir una predisposición psíquica; dicen que pasa lo mismo cuando hay guerra; y quizás ya entonces, en la eternidad peronista, los estratos profundos de la mente popular adivinaban las guerras por venir.

Cuando digo que «todos tuvieron un varón…» exagero, por supuesto. Era lo que yo veía a mi alrededor, pero mi experiencia era muy limitada. Con el tiempo, empecé a ver que también había niñas, que en el aturdimiento de la primera infancia, en la elección ansiosa de amigos, en los juegos y correrías del aprendizaje de la vida, me habían pasado desapercibidas. Después, se hicieron tanto más notables por un hecho curioso: no había hijas únicas, ni con hermanos varones; eran siempre tres, tres hermanitas muy seguidas. Eso se debía a que la pareja que había tenido como primogénito una niña había probado por segunda vez, y al tener una segunda niña habían vuelto a jugarse... En la tercera paraban, porque habría sido una locura... Así quedó constituida la curiosa demografía de los barrios pobres de Pringles: una gran mayoría de familias con un hijo único, varón, y aquí y allá algunas con tres hijas mujeres. No hubo casos mezclados. El peronismo era una magia, pero una magia implacable. O quizás haya actuado alguna salvaguarda misteriosa de la Naturaleza, que intervenía en la Historia para proteger a la especie.

Mi padre fue peronista acérrimo, supongo que de la primera hora, fundacional. Y como a tantos argentinos humildes, le rindió; a él, no sólo por la legislación laboral, los beneficios sociales y el optimismo ascendente que ganó a la sociedad en general, sino en términos individuales, pues su lealtad fue recompensada con un lucrativo empleo municipal. Durante los diez años del régimen tuvo a su cargo el alumbrado de las calles y edificios públicos, y sus respectivas instalaciones eléctricas. Puesto de la mayor responsabilidad, como es fácil de suponer, y hasta bastante asombroso que lo haya ejercido un solo hombre, aun cuando Pringles era (y sigue siendo) un pueblo chico. Debo aclarar que no era responsable del suministro de energía eléctrica a la comunidad: de eso se ocupaba la Usina, también llamada (no sé por qué) Cooperativa Eléctrica. Tal como puedo reconstruir la situación ahora, supongo que aparte de cambiar alguna bombita o tubo fluorescente, o reparar un cortocircuito, en el Palacio o el Correo o la Biblioteca, el grueso de su trabajo estaba en el alumbrado de las calles. El pueblo tenía unas quince cuadras de lado, y había un foco colgado exactamente en el centro de cada bocacalle; a eso se agregaba el largo bulevar que iba a la estación, y el camino al cementerio. Y la plaza, por supuesto. No era poco, para un hombre solo, sin asistentes. Yo era muy chico en el 55, cuando cesó en estas funciones, para recordar cómo se organizaba, pero podría apostar a que se las arreglaba perfectamente y le sobraba tiempo. Antes la vida era más simple y las instalaciones eléctricas eran simplísimas, de manual, transparentes en sus causas y efectos.

El más antiguo recuerdo que tengo de mi padre es montado en la bicicleta que usaba para movilizarse a lo largo y ancho del pueblo, hasta sus más remotos confines, con una larguísima escalera enganchada al hombro. La escalera era lo más notable, y no creo que la escena me hubiera quedado grabada en la memoria si no hubiera estado presente. Era una escalera de madera, de cuatro metros de largo por lo menos (no quiero exagerar), y llevar equilibrado semejante armatoste, andando en biclicleta, debía de requerir cierto arte, o por lo menos un hábito asiduo. Si alguna vez se cayó, o tuvo un accidente de tránsito, no lo comentó en casa.

En realidad, todo esto lo supe más tarde, después de la caída del peronismo y de la recaída de mi familia junto con tantas otras en la fatalidad de su destino. Lo supe casi adivinándolo, a partir de esos recuerdos dudosos de la primera infancia, que nunca se sabe si son recuerdos o son invenciones. Porque en casa nunca se volvió a hablar del pasado. La Revolución Libertadora bajó un telón infranqueable, tejido con las hebras del sueño vergonzante de haber querido ser clase media, sueño que a partir del despertar se revelaba tan impúdico como una fantasía sexual. Además, habría sido incómodo hablar de ese pasado porque la palabra «Perón» había sido prohibida por decreto, y la prohibición fue respetada hasta en la intimidad de los hogares. Mis padres no la pronunciaron nunca. Nadie la pronunció, y yo me pregunto cómo supe que esa palabra existía. Evidentemente la había oído mucho durante mis primeros seis años de vida, y después su anulación (yo tampoco la pronuncié, ni siquiera en el pensamiento) la puso en un lugar especial. Tan completa fue esta anulación que recuerdo perfectamente la primera vez que la oí, muchos años después, cuando ya estaba terminando la primaria: una chica, una compañera de la escuela, dijo «Perón»... Sentí como si se abriera un abismo, en el que se precipitaba toda mi vida. Es inexplicable, aunque debe de tener alguna explicación. Por supuesto que sin esa palabra se podía seguir hablando; su ausencia no impedía la comunicación en la vida cotidiana, porque no era el nombre de ninguna cosa que necesitáramos mencionar; era un nombre propio, perteneciente a una sola cosa en el universo.

Esta anulación, si bien se dio en todos los hogares del país, en mi familia tenía un antecedente que la hacía más lógica, o si se quiere más fatal. Esto fue anterior a la Revolución Libertadora, de modo que se me pierde más aún en las brumas de la primera infancia. Cuando empecé a enterarme, mucho después, fue una completa novedad para mí, y no encontré ningún recuerdo confirmatorio. Sucedía que mi padre en su juventud había sido católico militante; más que eso: fanático. Hombre de iglesia, de comunión diaria, creyente devoto, soldado de las huestes de María... Pero después de los hechos de 1954, cuando la ruptura de Perón con los curas, no volvió a pisar una iglesia nunca más en todo el resto de su vida. Puede parecer raro, pero en el conflicto de lealtades entre cristianismo y peronismo, ganó el segundo. Si en Pringles hubiera habido quema de iglesias como en Buenos Aires, él habría ido con la antorcha. Nueve personas de cada diez lo censurarán como una hipocresía retrospectiva, pero yo creo entenderlo, en la medida en que puede entenderse algo tan radicalmente extraño. Hay que tener en cuenta que en la Argentina, a diferencia de otros países americanos, el catolicismo nunca tuvo arraigo popular. Fue siempre una prerrogativa de la gente decente, y hasta diría de los estratos más altos de la sociedad; la clase media, agnóstica, acudía a los ritos sólo por respeto al patriciado, o por snobismo, y para diferenciarse de la masa oscura, definitivamente atea. De modo que mi padre, en su devoción, había sido una completa rareza, y no podía sino ser sincero. Pero antes era peronista; teniendo que elegir, eligió ser peronista. Y que haya elegido, en lugar de buscar un compromiso o mirar para otro lado, es una prueba fehaciente de su sinceridad.

Si cuento cómo me enteré, quizás pueda dar una idea más justa. Fue, como dije, muchos años después, yo debía ser ya un adolescente; un día quiso el azar que escuchara una conversación de dos señoras del barrio que estaban sentadas en un camión estacionado. Esto último puede parecer raro, pero el nuestro era un barrio de camioneros, que dejaban sus vehículos estacionados en la calle frente a sus casas, y era muy común que las mujeres se instalaran en las cabinas por la tardes, a tejer y charlar. Era una costumbre como cualquier otra. Aprovechaban ese cálido observatorio alto y vidriado, mientras sus esposos o hijos camioneros dormían para compensar las vigilias de las travesías nocturnas. Yo estaba trepado a la caja del camión, pasatiempo frecuente en mí, y de ahí las oí. Las oía como quien oye llover, tratando de no hacer ruidos que me delataran en mis juegos solitarios, que eran fantasías de viajes o guerras. Sólo prestaba una atención marginal por si advertían que había un intruso en el camión. Pero de pronto salió el nombre de mi padre, y paré la oreja. «¡Qué negro inmundo!», le decía una a la otra. «Una vez lo vi, en la capilla de la Inmaculada… Porque iba a todas, se la pasaba en las iglesias… Yo estaba al fondo, y lo veía de espaldas, arrodillado delante de un santo, rezaba y rezaba, con la cabeza gacha, después prendía una vela, volvía a rezar, se golpeaba el pecho, iba a otro santo, lo mismo, le besaba el pie, después a una Virgen, a otra, les besaba la orla del manto, se volvía a arrodillar, tocaba el piso con la frente… Yo decía: ¿Pero quién será éste? ¿De dónde salió? Hasta que se dio vuelta y le vi la cara… ¡Era él! ¡Qué degenerado!» La otra comentaba: «Ésos son los peores». Y la primera, recordando un detalle más: «Ah, y cada vez que cruzaba el pasillo, se persignaba, pero no con la Señal de la Cruz simple sino con la completa, una crucecita en la frente…». «Sí, ya sé cuál», decía la otra con asco, no por la Señal sino por la infatuación fanática y detallista de mi padre. «El chupacirios…»

Me lo imagino, en esa capilla vacía y oscura, creyéndose solo, sin testigos, en un paroxismo de fe. Y a la vez no me lo imagino. Quiero decir: puedo verlo, como una figura recortada, como un muñeco a cuerda ejecutando su danza litúrgica, pero jamás podría imaginarme qué pasaba por su cabeza en esos momentos, qué les pedía a los santos y las Vírgenes, por qué era tan importante para él… Aunque debería poder hacerme una idea, ahora. Los comentarios desvalorizadores de las señoras del camión no me interesaban tanto como la escena que había evocado una de ellas. Estaba acostumbrado a la malevolencia, que era casi un modo de ser. Mi madre no se quedaba atrás… Creí poder traducirlos en términos políticos. «Ésos son los peores» quería decir «los peronistas». Lo que criticaban era que un pobre electricista, encima «acomodado», se tomara esas atribuciones de místico. Que después los peronistas hubieran quemado las iglesias, a esas señoras no debía de parecerles tan mal, al contrario. Pero que antes un peronista hubiera sido un inmundo chupacirios… Me di por satisfecho con esa explicación y no busqué más. No obstante, algo me quedó suelto en la cabeza, algo flotante que no terminaba de encajar: esa beatería, esas gesticulaciones de altar, las velas, las novenas a la Virgencita, tenían algo de ineludiblemente femenino. Y mi padre era muy viril: podía dudarse de todo lo demás, pero no de eso. De modo que quedaba la sombra de una contradicción, que no podía resolverse sino con un término superador que por el momento se me escapaba… Pero debió de quedarme latente en algún lugar del cerebro, preparándome para futuras revelaciones.

«Ésos son los peores…» La breve frase lo decía todo, y es como si de sólo oírla aquella tarde yo lo hubiera entendido todo. El proceso de mi vida y mi maduración intelectual prosiguió, y me sería imposible decir en qué momento preciso incorporé algún conocimiento concreto, pero esa imposibilidad no deriva tanto de lo difícil que es reconstruir la historia en sus detalles, como de la naturaleza del conocimiento. ¿En qué momento aprendemos que dos más dos es cuatro? Aunque pudiéramos ubicar la primera vez que alguien nos lo dijo, o la primera vez que hicimos la cuenta con los dedos, eso no pondría una fecha. Porque desde mucho antes, desde el comienzo de la vida, habíamos estado viendo dos cosas y otras dos, o una cosa y otra cosa, o dos y una, o tres y una, o una y una y una, o cualquier otra combinación que aunque diera un resultado diferente significaba el mismo mecanismo. La proposición «dos más dos, igual cuatro», cuando es formulada en la conciencia, no hace más que reunir en un nudo mnemotécnico todas las instancias atómicas que la prepararon.

«Ésos son los peores» significa adulterio. En boca de dos señoras que tejen en un camión estacionado, no significa otra cosa. Lo supe después, pero lo supe siempre. No creo que ni siquiera entonces haya sido una revelación para mí. Aun sin haber oído nunca la palabra «adulterio» o la palabra «bigamia», debía de conocer la cosa; las palabras en realidad son accesorias; son fórmulas para recordar las cosas, para manipularlas en combinaciones que nos dan una ilusión de poder; pero las cosas están antes, y son intratables.

En fin, la historia, o más bien la leyenda (porque nunca se comprobó) era que mi padre tenía otra mujer, al otro lado del pueblo; más que otra mujer: otra familia, con hijos, una casa… Dentro de lo desagradable que me resulta el tema, debo reconocer una circunstancia feliz, y es que en los pueblos cada historia está envuelta en una constelación de causas y verosimilizaciones, lo que las hace tan distintas de las historias abruptas y a menudo inexplicables de la gran ciudad. Pero de esa constelación no puedo dar aquí más que un esquema somero.

Por lo pronto, debo señalar dos signos de mi padre, uno positivo y otro negativo según la perspectiva del pueblo. El negativo: era de piel y cabello oscuros, un «negro» según se decía entonces; probablemente tenía algo de indio, aunque como los indios en la Argentina siempre se han visto como algo demasiado lejano y extinto, ese color se adjudica más bien a la pobreza y la condición servil, a la ignorancia, a los ranchos. Él nunca jamás habló del medio del que había salido, a tal punto que yo ignoro el nombre de mis abuelos o tíos, y hasta si los tuve. De todos modos, la historia era innecesaria; el aspecto lo decía todo. El dato positivo es que era un hombre sumamente apuesto y bien formado. Aunque muy notable, esta belleza física quedaba por completo anulada por la marca social. Era perfectamente posible que hubiera negros más lindos o más feos, pero eso era como decir que había enanos más altos o más bajos, y seguían siendo enanos.

Ahora bien, esta dualidad podía servir para explicar su matrimonio. Mi madre era blanca, provenía de la clase media decente, y si había condescendido a una alianza con el bloque «negro» era porque su deficiencia física muy marcada le hacía imposible un casamiento en su propio nivel. La alternativa era quedarse soltera, y ella se ocupó, tanto como puedo recordar, de expresar su horror a la condición de «solterona». De hecho, llevó adelante una campaña permanente, una guerra fría individual, contra las solteronas; era como si viera en ellas un crimen contra la humanidad, y ésta era al fin de cuentas la instancia que englobaba a negros y blancos.

Mi padre quedaba en una posición inestable: una familia legítima de ascenso social, con un solo hijo escolarizado y bien vestido, una esposa hija de inmigrantes europeos… pero negro. Lo negro era incorregible, y estaba potenciado por el enigma de su belleza. Aquí debo hacer una aclaración: me parece inconcebible que las señoras en cuyo medio vivíamos pudieran apreciar esa belleza, que quedaba subsumida en la fatalidad social de lo negro; pero al mismo tiempo no podían dejar de verla, siquiera como misterio. En ese otro mundo ajeno donde todos eran negros, debían de notarse las diferencias, y tener su efecto. Quién sabe cómo se juzgaban los negros «entre ellos». De modo que fue inevitable que le supusieran una válvula de escape, en la forma de otra mujer, de su propio mundo, con la cual tener una cantidad indefinida de hijos (todos los que mandara la Naturaleza) y con la que pudiera mantener un estilo de existencia acorde. (Allá en esa otra casa él no sufría de los nervios, era la serenidad personificada.)

Como ya dije, no sé si esto pertenecía al campo de las construcciones lógicas, o a la realidad. Pero la realidad es una construcción lógica, el modelo de todas las demás; de modo que no hace mucha diferencia. Mi madre debe de haber sufrido mucho. A lo largo de los años, se fue encerrando en el sufrimiento, hasta terminar en un mundo distinto, con leyes propias. Pero ella misma no lo sabía, y como era una mujer muy sociable, muy curiosa, siguió interactuando con los vecinos. Lo que hace más extraña esta situación es que ella no tenía problemas con los nervios, en realidad no tenía problemas con nada; no parecía tener secretos; lo que le pasaba por la mente, lo decía, por hiriente o embarazoso que fuera para los que la oían. Mi padre solía prevenirme: «Tu madre dice cualquier cosa». Y era cierto, aunque yo, en mi inocencia, no lo considerara así.

Es evidente que mi padre tenía una mentalidad estructurada institucionalmente: era católico de la Iglesia, y peronista del régimen. Fuera de las instituciones, no era ni una cosa ni otra. Nunca lo vi rezar en casa, ni siquiera mirar una estampita. Desde que dejó de ir a la iglesia dejó de ser católico, quizás dejó de creer. Desde que cayó el peronismo, se olvidó para siempre de la política.

De su época de electricista oficial quedó una especie de fábula, y sólo una. No fueron nostalgias de prosperidad económica, sino algo mucho más poético: el honor extraño, ligeramente mágico, de haber sido el que encendía las luces en las calles del pueblo. Eso lo supe siempre, sin que él me lo dijera. Pero no me privaba de decírselo a mis amiguitos: mi papá había sido, «antes», el que prendía las luces del pueblo, todas, hasta las más remotas, las que no veíamos nunca... «Antes.» No entraba en detalles sobre cuándo había sido. Casi me convenía que hubiera sido en otra época: le añadía misterio. Igual veíamos encenderse los faroles de las esquinas, solos, cuando empezaba a caer la noche, como si una divinidad benévola dijera a la distancia «ya es la hora», pero siempre era una hora distinta porque allá en el sur las diferencias estacionales son amplísimas. Los interruptores debían de estar en el Palacio Municipal, o en la Usina, y me hacía soñar el hecho de que con ellos, a control remoto, se pudiera llegar a toda la extensión del pueblo, con la bendición de la luz.

En aquel entonces, y en Pringles, la electricidad no era algo que se diera por sentado, al menos tanto como hoy. El pueblo vivía del campo, y en el campo se vivía, salvo excepciones, sin electricidad. Quien más, quien menos, todos los vecinos del pueblo venían del campo, y sabían apreciar este milagro en todo lo que valía. Tampoco es que hubiera que irse muy lejos para captar la diferencia: la red eléctrica abarcaba el casco urbano en el sentido más estricto, y no llegaba a las calles de tierra de los alrededores. La calle donde vivíamos nosotros era la última de ese lado del pueblo; los que vivían a la vuelta de casa no gozaban de ese privilegio de la civilización: ya se ve qué cerca estaba. De hecho, todos teníamos lámparas anteriores a la electricidad, la reina de las cuales era el famoso Petromax o Sol de Noche, y había muchos que las preferían a la luz eléctrica. Se usaban en patios, galpones o piezas anexas a la casa donde no se habían tendido cables. Además, había muchos menos aparatos que ahora. Los llamados «electrodomésticos» eran una rareza. Hasta la heladera era un lujo exótico: nosotros por ejemplo no teníamos, ni tuvimos nunca, y nadie en el barrio la tuvo, que yo sepa. El único beneficio práctico de la electricidad era la luz, y así era como la llamábamos: «la luz».

Después del 55, mi padre siguió ejerciendo su profesión de electricista, en la esfera privada. Debía de tener su clientela, que iba a atender en la bicicleta, ahora sin cargar casi nunca la escalera. Seguramente hubo una transición procelosa, hasta empezar a arreglárselas sin el sueldo. No la sentí; a los seis años, estaría demasiado absorto en mi primer año de escuela, y no creo que me haya faltado nada. De todos modos, deben de haberse felicitado de la prudencia de haber tenido un solo hijo.

Para un niño su padre es un modelo, un espejo, una esperanza. Más que eso, es un hombre tipo, un tipo de humanidad adulta y consumada. Una especie de Adán construido con todos los fragmentos de mundo que el niño va aprendiendo. No puede asombrar que algunas partes no coincidan, y que el conjunto resulte bastante misterioso. Es como una gran adivinanza múltiple cuyas respuestas van apareciendo poco a poco a lo largo de la vida. Yo diría, arriesgándome, que esas respuestas son las instrucciones según las cuales uno vive. Se me dirá: ¿Y los que no tuvieron padre? Creo que ahí puedo responder: Todos lo tienen.

Esto viene a cuento de uno de los enigmas que más me han perseguido: ¿era un buen electricista mi padre? ¿O era uno malo, malísimo? La hipótesis de máxima, que he barajado largamente, es que no supiera nada del oficio, ni los rudimentos. En ese caso toda su existencia tuvo que ser una especie de representación peligrosísima. Puesto delante de un enchufe, de un cable, de una bombita, se preguntaría: ¿qué es esto? Y en el trance de hacer algo con esa incógnita, para justificar su papel, haría cualquier cosa, al azar, a ver qué pasaba... No, es imposible. Me resisto a creerlo, por más que un demonio burlón me tiente en ese sentido con mil seducciones. Nadie puede jugar su destino a una negación tan completa. Además, no podría sostenerse; en tantos años de ejercer el oficio, algo habría tenido que aprender.

Es una fantasía mía, no puede ser otra cosa. La justifica, a medias, el hecho de que a veces para explicarse algo uno tiene que plantearse la posibilidad extrema, y de ahí ir retrocediendo hasta llegar al famoso término medio al que tantas veces se ajusta la realidad. Como todo el mundo, mi padre acertaría unas veces y erraría otras. Pero diversos indicios confluyentes, además de una intención inefable que no falla, me inclina a pensar que lo segundo era más frecuente que lo primero. Los clientes volvían con reclamos, había problemas que devenían en crónicos, a otros se negaba a atenderlos, o les daba largas. Él siempre parecía muy seguro de sí mismo, se debía de haber hecho una regla en ese sentido, lo que en sí mismo es el indicio más seguro de sus dudas. Pero en realidad lo más seguro, lo que no engaña nunca, es el ciclo amplio, el destino a largo plazo. Y éste muestra que mi padre nunca salió de un nivel de barrio, de pequeños trabajitos para pobres; no progresó, se quedó en las reparaciones y remiendos, jamás hizo instalaciones eléctricas de obras. Su buen momento había estado antes, y por odiosa que sea la suposición gorila de que se acomodó por peronista (no por electricista), algo hay que concederle. Si es así, si era mi chapucero improvisado, más heroísmo de su parte; si lo hubiera confesado, cosa inconcebible en él, yo lo habría querido más. Misterios y secretos del Hada Electricidad. Por arcana, era peligrosa. Se decía que había muerto gente por sus caricias insidiosas. Lo más extraño en ella era su acción a distancia. Las perennes travesías de mi padre en su bicicleta por todo el pueblo eran una especie de alegoría del vuelo invisible de la Electricidad a los rincones más lejanos, a los más íntimos... Pero bien pensado, todo es alegoría. Una cosa significa otra, hasta el hecho de que, por esas vueltas de la vida, yo haya llegado a ser escritor, y esté redactando esta crónica verídica. Siguiendo las instrucciones de la alegoría, que también opera a control remoto, yo también puedo estar ejerciendo un oficio del que no sé nada, manipulando con infinita perplejidad objetos de los que no sé ni entiendo nada, por ejemplo los recuerdos. Pero eso no quita la realidad de los hechos, la realidad de que mi padre fuera electricista y yo sea escritor. Se trata de alegorías reales.

Lo que lo perjudicó a mi padre fue que a partir de entonces empezó a correr la Historia, y él se quedó atrás. Todos recordaban los tiempos felices. ¿Cómo no recordarlos, si era lo único que tenían? Pero mientras recordaban, seguían pasando cosas, y cuando volvían a mirar, todo había cambiado. A partir del 55, la vida se enriqueció, llegaban novedades a Pringles, llegaba, tan postergado, el siglo xx. La ciencia volcaba su cornucopia sobre ese rincón perdido del país, alimentando el snobismo de los bárbaros. Todo parecía una ficción, liviana e inconsecuente como un tema de conversación, pero a la vez, como una magia, se volvía realidad.

Yo absorbía todo. No ponía límites a mi curiosidad, era como si un hechizo de inteligencia hubiera roto los marcos que encauzan la educación de un niño. La modernidad entraba en mí como un torrente salvaje y yo lo mezclaba todo.

Enfrente de casa había un escritorio contable donde yo pasaba las horas muertas; le hacía mandados al contador y a su empleado, que era su sobrino. Como el empleado faltaba mucho, el contador solía dejarme cuidando la oficina cuando él salía. Mi única función era estar ahí, y si venía alguien decir que había salido, y que volvía enseguida. La clientela era de chacareros, a los que el contador «les llevaba los réditos»; en general esta gente, que venía al pueblo de vez en cuando, tenía eternidades de tiempo libre en estas visitas, y se sacaban las ganas de hablar acumuladas en la soledad de las llanuras. Yo escuchaba estas conversaciones interminables con una avidez sin término. Me parecían cortas, quería más. Después, solo, las reproducía mentalmente y hasta las enriquecía, podía hacer lo interminable de lo interminable.

Ahí me enteraba del curso acelerado que estaban tomando los acontecimientos. La actualidad ardía como un fuego fatuo. La fuente eran unos paisanos ignorantes y mentirosos, pero eso no hacía sino acentuar el costado maravilloso del torbellino de la Historia. Por ejemplo se hablaba de los nuevos híbridos. El trigo daba granos del tamaño de garbanzos; el salto del «rinde» (que era la forma coloquial abreviada de hablar de «rendimiento») era asombroso. Yo seguía la curva de rindes como si fuera parte interesada, en todo el partido, verano tras verano, y calculaba las ganancias de cada chacarero. Un rinde de diez bolsas por hectárea cubría los gastos, uno de setenta bolsas hacía rico al afortunado segador. Y ahora de pronto se hablaba de rindes de setenta bolsas como mínimo absoluto, poco más y un solo grano llenaba una bolsa. Y el peso específico del producto se multiplicaba en forma exponencial. Curiosamente, las bolsas no crecían más allá del límite de «setenta», no sé por qué, pero había que tomar en cuenta otras cifras. Yo hacía los cálculos *in pectore*, memorizaba los resultados, después consultaba en *La Nueva Provincia* las cotizaciones del cereal en Chicago, multiplicaba el todo, obtenía cifras monstruosas, que me hacían soñar. Un dato intrigante, que deshacía todos estos castillos en el aire, era que esos cereales híbridos no servían para nada. Con ese trigo no se podía hacer harina, no se podía hacer nada. El aumento en tamaño y peso específico se lograba a expensas de su utilidad. ¿Y entonces? Me sentía ante un gigantesco simulacro. Por supuesto, yo debía de entender todo mal. Mi conocimiento derivaba de oír charlas ociosas o mentirosas, y lo que oía no podía ubicarlo en ningún sistema ordenado, los datos caídos al azar de labios de la jactancia o la hipocresía se acumulaban al azar en los anaqueles torcidos de mi fantasía.

Los chacareros siempre mentían: cuando no mentían, exageraban. Mentían sobre sí mismos, exageraban sobre los demás. La electrificación del agro era uno de sus motivos favoritos de exageración. Siempre estaban contando de algún trayecto nocturno rumbo a su chacra iluminada a velas, y la visión allá lejos, en la gran boca del lobo del campo, de alguna estancia que se había electrificado. Lo de Asteinza, lo de Iturrioz, lo de Domínguez… Cada vez era una nueva, un sol deslumbrante en medio de la noche, casas, galpones, parque, hasta corrales… «¡No se puede creer! ¡Qué belleza! ¡Eso es progreso!» De creerles, había hasta guirnaldas de luces en los montes, los eucaliptos se volvían arbolitos de Navidad.

En la oficina había una máquina de escribir. Como yo pasaba muchas horas solo en ese lugar, era inevitable que sintiera la tentación de probarla. Cedí a ella repetidamente. Al principio lo hacía de modo clandestino, después alguna vez el contador me descubrió y no me retó, así que seguí haciéndolo en su presencia. Me pasaba tardes enteras a la máquina. No sé qué escribiría, cualquier cosa. Una vez le hice una pregunta al contador: ¿Después de una coma, había que dejar un espacio? Se quedó pensativo. Se inclinó sobre mi hombro a mirar, vio mi coma, y observó otra cosa:

—¡Ojo! Antes de la «y» griega no se pone coma, nunca.

No era lo que yo había preguntado, aunque la advertencia era pertinente porque había puesto la coma antes de una «y». Yo detestaba que las cosas se salieran de cauces, ya a esa edad tenía una mente ordenada, me gustaba tenerlo todo claro y bajo control. Esa sucesión de una «y» y una coma era accidental. Traté de hacerle entender que le agradecía la indicación, pero que insistía en mi pregunta original. Asintió, y dijo que no lo tenía claro, nunca había prestado atención a ese detalle. Pero había un modo de averiguarlo. En un estante, entre los biblioratos, tenía los tres tomos de una enciclopedia de contabilidad. Recuerdo bien estos tomos porque fueron los primeros libros que tuve en mis manos; y a pesar de lo mucho que los había manipulado y hasta leído (sin entender nada) yo tampoco me había fijado en ese detalle; era la práctica de la escritura la que lo ponía ante mi conciencia.

Abrió al azar, miró… Era una página cualquiera de un tomo cualquiera (cada uno tenía unas mil páginas); adaptó la mirada a las perspectivas del universo escrito, enfocó al fin…

—Bueno, fijate vos, aquí hay una coma antes de «y»…

Quizás era el único caso en que los redactores de la enciclopedia se habían apartado de la regla, y él había ido a acertarle. (En la frase anterior he puesto una coma antes de una «y», creo que correctamente, lo que probaría que la regla es bastante precaria.)

Hasta ahí recuerdo. Lo demás es previsible; debimos de llegar a la conclusión de que sí había que dejar un espacio después de la coma, lo mismo que después de cualquier otro signo de puntuación.

Una vez me contó mi amigo Osvaldo Lamborghini que él también, de chico, aprendiendo a escribir a máquina, había descubierto ese espacio después de los signos de puntuación. Por lo visto es algo que hay que descubrir; no lo enseñan en la escuela, ni se lo percibe espontáneamente leyendo. En Osvaldo fue algo decisivo. Cuando me lo contaba, décadas después del hecho, se emocionaba, me clavaba la mirada de esos ojos negros orientales que tenía, a través del humo del cigarrillo, asegurándose de que yo entendiera: ese espacio le había parecido algo tan refinado, tan sutil, que lo comprometió para siempre. Le hizo ver que la escritura, además de su función comunicativa, podía ser vehículo de una elegancia, y supo que ése era su destino. Pero él siempre fue muy sensible a esas cosas. Un amigo común decía «lo de Osvaldo no es un estilo: es una puntuación». Fue por eso que a los diez años de su muerte yo escribí una novelita de homenaje justamente sobre la coma.

Me he alejado del tema, pero no tanto. Uno nunca se aleja tanto como para no poder volver. En una ocasión pintaron el vidrio de la gran ventana que cubría todo el frente de esa oficina con una especie de pintura blanca que se usaba entonces para impedir la visión desde afuera, en las vidrieras de los comercios. Me viene a la cabeza que la sustancia que se usaba era «tiza líquida». Qué raro. No sé por qué se dejó de usar, pero tampoco sé bien para qué se usaba ni por qué se usó en aquella ocasión. Pero tengo bien presente cómo era. Se aplicaba con brocha a la cara interior del vidrio, que quedaba de un blanco perfectamente liso. Y se podía escribir perfectamente con la punta del dedo, de hecho los dueños de esos comercios aprovechaban para escribir algún mensaje a su clientela, por ejemplo «Próxima reapertura» o «Cambio de firma» o cualquier otra información práctica con la que justificaban el placer infantil de escribir en esa superficie tan invitante. Para los chicos era irresistible. De más está decir que yo y los chicos del barrio que iban a visitarme cuando estaba «de guardia», no pudimos resistirnos y cubrimos la vidriera de inscripciones. Pero se daba una circunstancia especial, y era que para que la inscripción se pudiera leer desde afuera, había que escribir al revés, en espejo. El único modo de hacer esto es usar letras de imprenta, pensando cada una antes de trazarla, con una especie de doble visión o adaptación mental improvisada; y aun así, es inevitable que alguna R o S queden al revés. Pero ahí noté, cuando las inscripciones constaban de más de una palabra, la importancia del espacio, que tomaba entidad real, como tantas cosas, cuando se lo consideraba al revés. Después supe que en los orígenes de nuestra escritura, en la antigüedad grecolatina, el espacio entre las palabras no existía. Y ahora que lo pienso, encuentro que esa invención tuvo una importancia quizás fundamental, equivalente a la que tuvo la invención del cero en las matemáticas, y relacionada íntimamente con ella.

Si recuerdo esa banal travesura es porque fue la única vez que el contador se enojó conmigo en serio, y hasta amenazó con no dejarme entrar más a su oficina. En general era muy tolerante, en parte por su carácter, en parte porque yo era juicioso, en parte, seguramente, porque yo le era útil y él debía de sentir culpa de explotarme sin contraprestación alguna. Esta vez me pegó cuatro gritos: «Vos y los vagos de tus amigos... Los voy a hacer meter presos...». Señalaba la vidriera blanca cubierta de inscripciones. «¿Creíste que no me iba a dar cuenta?... Ya escribir todo eso, sin permiso, está mal... ¡Pero cosas prohibidas!...» Ahí empecé a caer en la cuenta de lo que se trataba. No era, o no era sólo, escribir, mancillar el blanco del vidrio, sino cuáles palabras habían quedado escritas; no la forma, sino el contenido. En realidad, no me había puesto a pensarlo. Absorto en el desafío de escribir al revés, no me había detenido a pensar en los significados, y ahora comprendía que en el entusiasmo, en el apuro, en el aturdimiento del delito, podríamos haber escrito alguna salvajada. No desconfiaba tanto de mí, que era juicioso y reprimido hasta en mis automatismos, como de mis amigos, que eran unos bárbaros. «Seguro que pusieron COGER», pensé, y agaché la cabeza. El contador bufó un poco más y después se olvidó. Ahí terminó el incidente.

Pero tuvo su epílogo unas horas después, esa misma tarde, que era una de esas interminables tardes de verano de Pringles; yo me había quedado solo en la oficina, esperando el regreso del contador, que se demoraba más allá de la hora de cerrar. Estaba sentado en el banco alto tras el mostrador, sobre el que apoyaba los codos, y tenía los dos puños hundidos en las mejillas. No pensaba en nada. Me dominaba esa melancolía vaga y sin objeto de la infancia, acentuada por la hora y, seguramente, porque tenía frente a mí la vidriera pintada de blanco como un muro. Sentí, sin verlo, que el cielo se ponía de un rosado fosforescente. Así pasa en la última hora de las gloriosas tardes de verano en Pringles; el aire se ilumina, sus corpúsculos destellan. Y entonces, sobre la madera oscura del mostrador, justo frente a mí, en el sitio exacto donde yo podría haberla escrito, apareció una palabra, en gruesas letras rosadas: PERÓN. Alucinatoria, hechizante, tan real como podía serlo, aunque me pareció imposible. Me eché hacia atrás, parpadeando ferozmente. Seguía ahí, escrita con un pincel de luz. Al fin alcé la vista y comprendí que la luz que la escribía se proyectaba desde una de las escrituras de la pintura de la ventana. Ésa era la palabra prohibida a la que se había referido el contador. Yo era tan distraído que jamás la habría discernido entre todos los garabatos e inscripciones que cubrían la mitad inferior del blanco. El cielo había tenido que revelármela, como un nuevo Mane Thecel Fares. Cuando cedió la sorpresa y pude volver a pensar, fue el turno de maravillarme de que se proyectara al derecho, no al revés.

Hay algo que se llama «espejito»… Me acabo de enterar aquí en Rosario, donde he venido por unos días sin dejar de escribir estos recuerdos (porque yo escribo siempre, esté donde esté y pase lo que pase). El nombre está bien puesto; yo conocía la cosa, sin el nombre, del que desde ahora no voy a poder separarla nunca. La conocía de chico, y ahora fue una niña la que la nombró, lo que me hace pensar en la continuidad de la infancia. Aunque soy el primer convencido de que no hay nada eterno, debo reconocer que existe cierto pensamiento que corre por debajo de la Historia, y no se puede decir quién lo transporta. Los niños no tienen instrumentos de transmisión que atraviesen las generaciones, así que habría que concluir que lo inventan cada vez. A medio siglo de distancia, de Pringles a Rosario, en otro mundo, en otra era... Ahora estoy teniendo abundantes ocasiones de observar y experimentar, como que este viaje, con la excusa de un Coloquio sobre las Retóricas del Ensayo, tuvo por objetivo conocer, y volver a ver, niños. Sucede que entre mis amigos rosarinos, todos ellos teóricos fanáticos de la Literatura, se ha desencadenado la moda de tener hijos. Pasé unas jornadas muy instructivas, y anoche fui a cenar a lo de Adriana, que fue la primera en reproducirse, cuando yo apenas empezaba a conocerlos. Mi primer viaje a Rosario coincidió con el nacimiento de su hija Cecilia, cuyo crecimiento seguí hasta los tres o cuatro años, no más. De modo que lo de anoche fue una sorpresa. Cuando subí a la terraza de la mansión de la calle España, una enorme muchacha, casi tan alta como yo, describía círculos vertiginosos montada sobre patines. Vino a darme un beso, con una sonrisa radiante. «¡Cecilia! ¡Qué grande estás! ¡Y qué linda!» No lo dije por cortesía. A los diez años, niña grande (casi enorme), sonrosada por el ejercicio, los ojos brillantes, irradiaba luz. De inmediato siguió con sus giros bajo la luna, arrancando chispas a las baldosas rojas, y así habría seguido toda la noche si el padre no le hubiera pegado cuatro gritos. Después, durante la cena, Cecilia mencionó los «espejitos». Se trataba de la respuesta a un insulto, para hacerlo volver al que lo profiere. Pero el que mencionó era muy pobre: «Para vos y toda tu familia». No dejé pasar la oportunidad de enriquecerlo: «En Pringles lo decíamos con rima, Cecilia: "Para todos tus parientes, para vos especialmente". Así suena mejor y es más eficaz». No la convenció. Implacable como todos los chicos, encontró imperfecta la rima: «¿No habría que decir "especialmentes"?». Estuve a punto de decirle que era al revés: se decía "pariente", porque los chicos de la clase obrera de Pringles nos comíamos las eses; pero me callé porque estando entre intelectuales rosarinos pensé que se lo podrían tomar a mal. Me acordé de otros espejitos, pero me los guardé también porque no eran para ventilar frente a las damas. Uno muy conciso y definitivo era el que se usaba para responder al habitual «La puta que te parió»: «A vos solo y a mí no». Cuánto de cierto hay en su brevedad proverbial. Una mujer, puta o no, pare a sus hijos de a uno, y hay una imposibilidad radical, tan bien expresada en el giro de la frasecita, de que la que parió a uno de los adversarios haya parido también al otro. Claro que una mujer puede tener muchos hijos en el curso del tiempo, pero debo recordar que todos nosotros éramos hijos únicos, y cada cual tenía una única madre.

Pero había otro espejito que iba mucho más al punto. En realidad era un contraespejito. Sucedía cuando el insulto era «La concha de tu madre». El espejito rezaba: «La concha de tu hermana, que es más baqueana». Y entonces el primero podía retrucar con el definitivo: «Como hermana no tengo, con tu culo me entretengo». En efecto, ninguno de nosotros tenía hermana, así que yo tomaba estas rimas, y las tomé durante muchos años, como costumbrismo pringlense.

De las conversaciones que oía en la oficina del contador, las que más me inspiraban eran las que tomaban la forma de monólogos. Después siguió siendo así, lo que es curioso, o quizás no tanto, en alguien tan parco como yo. Creo que esta preferencia mía del monólogo sobre el diálogo responde al atractivo morboso que ejerce sobre mí la locura, sobre todo la locura latente en la normalidad, la que está a un paso de la más segura y reconfortante rutina cotidiana, no la que hay que ir a buscar a los manicomios. En el monólogo es donde se hace realidad el dicho «el pez por la boca muere». Pero más que eso, en los monólogos yo podía percibir el crecimiento, lento y magnífico, de las construcciones imaginarias, en las que el lenguaje, a fuerza de girar en el vacío, se abría a algo que estaba más allá de las palabras.

Tanto era el tiempo del que disponía la gente en aquellas épocas que se toleraban los monólogos más descabellados. Y si yo los apreciaba tanto, habría otros que los oirían con placer también. Los chacareros que visitaban la oficina se despachaban a gusto. El contador no se quedaba atrás, al contrario, era el peor. Y con diferentes interlocutores, los repetía. Yo era el único en oír la repetición, privilegio que me llenaba de una inexpresable satisfacción. Registraba las variaciones, las amplificaciones, los perfeccionamientos, y después, solo, me los repetía añadiendo y variando y puliendo todavía más. Uno de sus preferidos (y mío) era el cuento de «los réditos» de un linyera. «Los réditos» eran, por supuesto, el pago de los impuestos al fisco y toda la papelería concomitante, de la que él se ocupaba en forma profesional. El linyera en cuestión, genuina figura del discurso, era uno de esos vagabundos de los campos bonaerenses, que entonces abundaban. La historia era que una vez a un linyera le habían ido a hacer reclamos los inspectores de la Dirección General Impositiva. Como todo ciudadano argentino, él debía pagar impuestos. De más está decir que había muchísimos que no los pagaban, pero la gracia de este cuento era que el linyera no tenía que mentir, porque su vida se desarrollaba por entero fuera de los intercambios monetarios. Ahí venían las amplificaciones del contador, que se volvía «contador» en el otro sentido (y más legítimo, dicho sea de paso, porque de contador especializado en Réditos éste no tenía título habilitante, era apenas un «práctico»). Tomaba alternativamente el papel de los inspectores fiscales, cada vez más perplejos, y el del linyera, que tenía una respuesta para todo. «¿Propiedades inmobiliarias?» «Ninguna.» «Ah, ¿alquila?» «No, duermo abajo del puente.» «¿Cargas familiares?» «Soy solo.» «¿Indumentaria?» «Me las arreglo con las pilchas viejas.» «¿Y si se le gastan o rompen?» «Alguien me regala. No, mejor, me hago una con una bolsa abandonada.» Y así seguía. «¿Comida?» Era el rubro más pintoresco. Su plato estacional favorito: el berro del arroyo. En el fondo, era la utopía del hombre natural, pero a mí me hacía el efecto contrario, porque sentía lo anacrónico de ese sujeto, y aunque me proponía ser como él (¿qué chico no se lo habría propuesto?), quería serlo en ese mundo en el que se pagaban impuestos y se pertenecía a grandes máquinas sociales, modernas y eficaces.

Esa modernidad que yo sentía oscuramente que amenazaba a mi padre, se me antojaba un viaje individual al futuro. Despertarse a la mañana y encontrar que habían pasado cien años y todo era distinto. Un refinamiento de la imaginación me hacia desdeñar las naves interplanetarias y los rascacielos de cristal. Lo que había cambiado era el estilo, algo invisible y sin embargo decisivo. Por ejemplo un hombre de la época anterior a la invención del cero, que viajara mágicamente, de pronto, a la época posterior a esa invención, y se paseara por la calle, mirando a su alrededor... Lo mismo con el espacio entre las palabras escritas. O, más sutil, un hombre de la época en que la palabra «Perón» estaba prohibida, trasladado a una época en que esa prohibición se hubiera levantado. Al escribir esta crónica yo estoy haciendo más o menos lo mismo que ese salto en el tiempo; no entre estilos, porque mi estilo no ha cambiado desde mi infancia, pero sí entre las consecuencias del estilo. Salvo que yo lo hago al revés, del futuro al pasado, pero por efecto de la escritura, de la transparencia del estilo, el revés se vuelve el derecho, es decir el revés del revés.

Ocasionalmente iban a la oficina hombres algo más cultos y razonables. Eran excepciones, y aunque ellos no se embarcaban en monólogos delirantes me daban la ocasión de oír alguna verdad, con la que yo me identificaba, de mala gana, sin el placer que me daba la ficción; pero era como si, independiente de mi voluntad y mis gustos, yo estuviera predestinado a ese otro mundo árido de la razón. Una vez, uno de ellos, curiosamente al tanto de las pequeñas cosas de nuestra vida, se puso a hablar del destino de la infancia del pueblo. «Hoy nadie quiere ser obrero», decía. «¡Nadie quiere trabajar!», asentían sus interlocutores con entusiasmo, cediendo a esas generalizaciones pesimistas que nunca son tan generales porque exceptúan al que habla. Pero este hombre tenía una idea más precisa, y no se quedó en la demagogia barata: «Nadie quiere ensuciarse las manos en un oficio. No sé si les da vergüenza, o hacen un cálculo equivocado, pero les hacen un daño a sus hijos al mandarlos a estudiar a esos secretariados comerciales como el de Velásquez, en lugar de enseñarles el oficio que ellos mismos ejercen. Les parece que porque van a ir a trabajar de saco y corbata van a ser más que con el overol, y en realidad van a ser empleaduchos sin porvenir». Los demás, que de tanto hablar nunca se habían puesto a pensar, asentían malhumorados. El hombre se volvió hacia mí, y para mi sorpresa, mostrando que realmente sabía más de lo que parecía, me dijo:

—¿Vos sos hijo del Tilo, no?

—Sí.

—Ahí tienen. Un electricista, al que no le costaría nada enseñarle su oficio al hijo. ¡Con la necesidad que hay de electricistas, y la que va a haber en el futuro! Pero no, la idea del progreso que se hace esta gente es poner al hijo atrás de un escritorio, a vegetar el resto de su vida con un sueldito miserable.

Etcétera. Su diagnóstico era diabólicamente acertado. Otra cosa era que tuviera razón en criticarle a «esta gente» sus ingenuos deseos de ascenso social, por el camino que vieran abierto. Después de todo, era «la otra» gente la que podía hacer estos razonamientos, la gente como él, la que había echado a Perón y puesto en marcha el tren cruel de la Historia. Pero lo que decía era cierto. Todos los chicos que yo conocía, todos sin excepción, una vez terminada la primaria iban a lo de Velásquez, y entraban al mundo del comercio y la burocracia. Era una ilusión, una esperanza, un objetivo de la evolución.

Este señor que hacía sus comentarios y críticas tan acertados se ponía en un nivel superior. Desde ahí podía hacer un diagnóstico acertado, pero no podía entender. Al nivel en el que sucedían las cosas, la visión era distinta. Allí, lo de Velásquez era lo razonable, lo adaptado a las necesidades. En efecto, el ciclo completo de estudios en ese instituto era de dos años apenas, y no bien el alumno recibía el título, a los catorce años, ya estaba en condiciones de ingresar al mercado de trabajo, que parecía insaciable en su demanda de jóvenes dependientes contables.

Lo irracional, por el contrario (siempre visto al nivel de los actores sociales interesados) era el Colegio Nacional, que también existía y era muy prestigioso. Pero el Nacional se demoraba nada menos que cinco años y el título que otorgaba era el de bachiller, que no servía para absolutamente nada en términos laborales; para lo único que servía era para ingresar a la universidad, y universidad había en Buenos Aires o en La Plata, lejanas e inaccesibles. De modo que mandar a un chico al Nacional, no siendo rico, era una pretensión absurda, o directamente una pérdida de tiempo.

Lo peor, en las bocas del barrio, era que el Nacional tenía un programa de estudios, el oficial, que obedecía a objetivos arcanos, tan apartados de las necesidades prácticas que se prestaban a la chacota. Por ejemplo, una de las materias que se cursaban en primer año (hasta ahí habían llegado las averiguaciones) era Botánica. ¿Y para qué podía servirle la Botánica al vástago de una familia humilde, que tendría que pensar, cuanto antes mejor, en ayudar económicamente a sus padres, en labrarse un porvenir y disponer de armas eficaces para emprender la lucha por la vida? ¡La Botánica, justamente! En el barrio se habían encarnizado con la Botánica, quizás por lo sonoro del nombre. Debía de haber, había, otras materias más inútiles, pero la Botánica era el ejemplo ideal.

Mentí a sabiendas cuando dije que no hubo excepciones en el «proyecto Velásquez». Hubo una, y muy notoria y comentada, tanto que volvió a poner a la Botánica en boca de todos por una temporada. Fue un chico que vivía en la cuadra de casa, hijo único (por supuesto) de la familia más pobre del barrio. Eran casi más que pobres, porque el padre no trabajaba, se la pasaba fumando en la puerta; no se sabía de qué vivían, seguramente de la caridad de algunos parientes; la madre era una india reseca vestida de negro, siempre encerrada en la cocina. Este chico era tres años mayor que yo, o sea que terminó sexto grado cuando yo apenas pasaba a cuarto. Y en ese momento, para la infinita sorpresa de todo el barrio, lo mandaron... al Nacional. Era tan ridículo que superaba todo lo imaginable. Pero de algún modo era lo que podía esperarse.

Con este chico, al que llamaré M., sucedió algo que recuerdo bien. Un día, una tarde, mi madre salió conmigo, rumbo al centro, no recuerdo a qué. El centro estaba exactamente a cinco cuadras, pero no íbamos nunca, así que la excursión era de proporciones. Salimos, y M., que estaba aburrido en la calle, se nos agregó y nos acompañó. Era la época en que él había ingresado al Nacional, época que, dicho sea entre paréntesis, no duró mucho, dos o tres meses nada más, porque los padres tuvieron un acceso de cordura, lo sacaron y lo anotaron en lo de Velásquez, cosa que fue proclamada con no pocas sonrisas vengativas en el barrio. Salimos caminando los tres muy contentos por el medio de la calle. M. era un chico simpático y charlatán, nada inhibido. Mi madre se había vestido «para salir», y éste era el motivo por el que caminábamos por el medio de la calle, ya que su atuendo formal incluía unos zapatos de taco de aguja de tremenda altura. Desacostumbrada, iba como sobre zancos, vacilante, y el asfalto liso de la calle le resultaba mucho más seguro que las toscas y yuyos de las veredas de tierra.

Mi madre era muy baja, casi enana. O mejor dicho, tenía la estatura de una enana, pero acompañada de otras características somáticas que, siendo tan extrañas y llamativas como las del enanismo, eran distintas. Por ejemplo, su cabeza era llamativamente pequeña (quizás era de tamaño normal, pero con esa estatura uno esperaba la cabezota de un enano) y en lugar de pelo la cubría una pelusa gris que nunca crecía tanto como para ser peinada o cepillada; por suerte este cabello era demasiado fino para pararse. Lo que más llamaba la atención en ella eran los anteojos, pequeños y redondos y de un espesor tan descomunal que directamente parecían bolitas. Esos anteojos se los habían hecho cuando tenía cuatro años, y no se los sacó más. A pesar de su escasa estatura, y de su aspecto un tanto grotesco, tenía un aura de autoridad y señorío que imponía respeto. Todos la trataban de «señora», lo que era excepcional porque a las demás madres del barrio las llamábamos por el nombre o apodo, a secas.

Pues bien, al llegar a la esquina nos superó un auto esquivándonos, y como se oía el motor de otro a lo lejos, mamá recapacitó y llegó a la conclusión de que podíamos seguir caminando por el asfalto sin necesidad de ir por el medio de la calle. Dijo:

—Vamos a acercarnos al cordón de la vereda, para evitar una colisión.

M. la miró muy sorprendido, y le preguntó a los gritos, como hablaba él:

—¿«Colisión»? ¿Qué es eso?

—¿No sabés lo que es una colisión? Un choque.

M. se reía, expansivo, feliz:

—¡No! ¡No puede ser! ¡Esa palabra no existe, la inventó usted!

Mi madre sonreía, muy complacida. La sospecha de M. tenía sus motivos, porque era muy de ella inventar palabras misteriosas, crear enigmas, hacer bromas. Esta vez se limitó a chasquear la lengua, muy contenta con la intriga que había creado. M. insistía:

—¡Esa palabra no existe! ¡No está en el diccionario!

Esta frase fue un golpe para mí. «No está en el diccionario.» Sería difícil transmitir la impresión que me causó. Antes debo aclarar que, con el tiempo y las repetidas maledicencias, el Nacional se me había vuelto un mito, vago y oscuro, que por esas características me atraía invenciblemente. La Botánica misma, aunque, o porque, no sabía lo que era, se me había hecho un mito. Todo ese saber inútil, que por inútil no tenía límites y podía cubrir o duplicar el mundo entero, mejor dicho los mundos, el visible y el invisible, era un vórtice, un imán. Pero la frase de M. me transportaba a un nivel superior. «No está en el diccionario» significaba, por la negativa, que M. sabía cuántas y cuáles palabras había en el diccionario. Todas, ya que sabía cuál no estaba. Una palabra al azar, salida del floreo léxico de una señora en una conversación circunstancial, y él podía ubicarla al instante en el hueco, en el vacío, de la totalidad de las palabras existentes. Yo nunca había abierto un diccionario (el único libro que había pasado por mis manos era la Enciclopedia de Contabilidad) pero sabía lo que era. En un diccionario estaban todas las palabras, y con todas las palabras, en distintas combinaciones, se hacían todos los libros. M. era el único chico que yo conocía que fuera al Nacional. La conclusión del silogismo era que en el Nacional se aprendía el diccionario. Sentí una especie de confirmación y expansión a la vez. Lo que para cualquier otro chico en sus cabales habría sido una condena casi demasiado cruel (estudiar el diccionario), para mí era el destino. Lo mío era el enciclopedismo y la combinatoria, pero eso a su vez crecía, como un amanecer.

La sospecha, muy correcta, de que en este caso mi amigo se equivocaba, no alteraba en nada esta certidumbre exaltante; era un accidente, que podía corregirse. Podía haberlo provocado esa fatal tendencia de todos mis amigos al chascarrillo obsceno; debía haber supuesto de mi madre la intención de hacer uno, muy débil, por el que «colisión» era una palabra inventada que significaba «atropellar por la cola, por atrás». (Aquí debo decir, en honor a la verdad, que M. es hoy un estanciero millonario. Y no lo es por haber estudiado en el Nacional, adonde fue unos pocos meses, sino gracias a la manipulación contable que aprendió en lo de Velásquez.)

Yo también estaba destinado al Nacional. Era una decisión de vieja data, de mi madre. Una decisión inconmovible, casi una fatalidad, como todo lo que pasaba por ella. Mi madre la proclamaba con esa seguridad altiva, clasista, tan propia de su irracionalidad. ¿A qué universidad iba a ir yo cuando al cabo de cinco años de extenuantes sacrificios familiares tuviera mi título de bachiller? Lo curioso es que mi padre, que sí podía razonar, la apoyaba en silencio. No sé, podía ser una forma de suicidio, un pacto suicida que ellos habían hecho...

Hay quien ha dicho que todo matrimonio es un pacto suicida. Puede ser cierto, en un sentido metafórico y poético, pero en cada caso particular habría que adecuarlo a las circunstancias históricas. A veces para entender una sola metáfora hay que remontarse muy atrás en las causas y las causas de las causas. Entre mis padres era tal la diferencia de estilos psicológicos que la idea de pacto no podía tomarse sino en un sentido figurado. No había un plano común en el que pudieran coincidir para fijar los objetivos y condiciones. Estaban en mundos distintos, cada uno en su dimensión, irreductible a la otra, inconcebible desde la otra. Pero si quisiera decir que eso fue lo que me volvió tan raro, me equivocaría; porque todo hijo debe pasar por lo mismo. Esto parece una exageración; se me dirá que de ser así, el destino de todos es la esquizofrenia, y que la sociedad está amenazada desde adentro con una disolución a corto plazo. Yo sería capaz de no retroceder ante esa objeción; podría decir: «Sí, ¿y qué?». Pero no, reconozco que no es así. En lugar de disolución hay Historia. El desgarramiento se elabora en el tiempo. Aunque ahí sí me planto: no se elabora bien, no hay final feliz. ¿No dijo acaso Ortega y Gasset, con toda su autoridad de filósofo y de español, que «la humanidad se divide en idiotas y monstruos», dando por sentado que no había un tercer término? Lo más que podemos aspirar es llegar a monstruos, aunque para ello debamos sacrificar la felicidad.

Debo intentar una descripción del punto donde se unían las dimensiones heterogéneas, el sitio mágico e inconcebible donde hacía contacto lo que nunca podía tocarse. La casa, el barrio, el pueblo… Empiezo por la casa donde vivíamos. Eran las ruinas de una antigua «fonda» que debía de haber sido, en las eras espléndidas de Pringles, una especie de hotel. En aquel entonces, por lo visto, se construía a lo grande, y con una solidez que resistía a décadas de abandono y maltrato. El edificio describía una ele majestuosa en la esquina. En la esquina misma, y a lo largo de una de las calles, había grandes salones, cocinas, depósitos y las que debían de haber sido dependencias del personal. De ese lado estaba la entrada, que era muy aparatosa, y donde cesaban las construcciones se encontraba el portón que había servido para coches y carros. Sobre la otra calle se extendían las habitaciones, unas diez, todas con ventana enrejada a la calle y puerta a una galería con columnas de hierro. El resto del terreno, que era media manzana, lo ocupaba un parque con viejos árboles. Nosotros ocupábamos una de las habitaciones, sólo una. El resto del edificio estaba vacío y dilapidado. Abundaban las molduras, las volutas, las falsas columnas. En la esquina, sobre el majestuoso portal que daba al salón principal, subsistía un escudo nobiliario de estuco. Yo pienso que el establecimiento debió de ser planeado para una clientela rural que se habría sentido incómoda en otros hoteles que ya existirían en el centro de Pringles; por su ubicación marginal, a quinientos metros del centro, éste se hallaba casi en el campo, y su vasto terreno, originalmente la manzana entera, daría cabida mejor que otros más urbanos a coches y caballos. Con el crecimiento del pueblo, en la segunda o tercera década del siglo, perdió razón de ser, dejó de funcionar, y sus restos quedaron enclavados allí en el barrio. Los dueños habían sido franceses, colectividad que había tenido una numerosa representación en la zona. De la antigüedad de la fonda daba cuenta un hecho significativo: no tenía un solo baño. Nunca lo había tenido. En el fondo del parque había una letrina, construida en el mismo estilo palaciego del resto.

Como dije, nosotros tres éramos los únicos habitantes de este enorme edificio. Pero ocupábamos una sola de sus piezas, que era todo nuestro hogar: cocina, comedor, sala de estar y dormitorio a la vez. Yo no lo encontraba pobre ni incómodo; había vivido siempre así, y todas las familias que conocía, es decir las de mis amigos del barrio, se las arreglaban en instalaciones equivalentes, y todas más reducidas que la nuestra. Hay que recordar que todos éramos hijos únicos; no se parecía para nada a la miseria, con la promiscuidad de ocho hijos, diez hijos, o hijos en cantidad indefinida en crecimiento perpetuo. Lo nuestro se parecía más a la adaptación. En realidad, lejos de resultarme deplorable, a este sistema de ambiente único lo consideraba el más razonable y simple. Otra cosa me habría parecido extravagante, como le parecería a un chico de hoy tener un comedor para la sopa y otro para el postre, o un dormitorio para dormir la siesta y otro para dormir de noche. Aun con más experiencia que yo, mis padres debían de sentir lo mismo, prueba de lo cual es que nunca se les ocurrió colonizar alguno de los cuartos vacíos que nos rodeaban en tal profusión.

Con todo, esta limitación podía estar sobredeterminada por las cláusulas, o más bien la historia, del contrato de alquiler. Nunca supe cómo fue que mis padres fueron a parar ahí, y por qué fueron los únicos en hacerlo. Aunque era fácil deducirlo. En algún momento de la década peronista hubo un congelamiento de alquileres, que con la inflación subsiguiente se volvieron un regalo. Y la Libertadora, que cambió tantas cosas, no supo cómo cambiar esto. Los dueños de esa vieja ruina, descendientes de los franceses que la habían construido, no tuvieron interés en meter nuevos inquilinos. Nosotros debimos de ser un experimento, que salió mal. Además, había un difícil juicio sucesorio que afectaba al inmueble. Una vez por año ponían una bandera roja en la esquina, y un cartel que anunciaba un Remate Judicial. Llegada la fecha, venía un martillero y se organizaba en la vereda una pequeña ceremonia, muy breve y siempre igual. Se reunía un público regular, todo de hombres; mi padre no se lo perdía nunca, yo tampoco. También venían los dueños, que no sé si eran hermanos o primos o cuñados; estaban peleados a muerte, no se hablaban y se ubicaban a distancia unos de otros. El rematador pronunciaba un discursito que traía preparado: las medidas del terreno, metros cubiertos, medianeras, etcétera. Después «la base»: levantaba el martillo, esperaba unos segundos en silencio, o murmurando algo, y daba por terminado el remate. En ese preciso momento los dueños se marchaban sin decir palabra, serios, compungidos, cada uno por su lado. Apoyando los papeles en el capó de un auto un escribano que había venido con el martillero completaba un acta, la firmaban y se la hacían firmar a dos testigos, que solían ser vecinos.

El sentido de esta curiosa ceremonia negativa, que se repitió sin cambios todos los años de mi infancia, yo lo entendí a la larga por las explicaciones de mi padre. Ya dije que no asistían mujeres. Mi madre tampoco lo hacía, pero su ausencia tenía un matiz deliberado y militante. Y en los días que seguían se mostraba irritable, combativa, gruñona, ella que por lo común era como un pájaro cantor, despreocupada y risueña. Mi padre trataba una y otra vez de hacerle entender el sentido de lo que había pasado, ella no entendía, y la impaciencia tormentosa de él terminaba desencadenando rabiosas discusiones. A mí esa incomprensión me parecía bastante irracional, porque hasta yo había terminado por entender la mecánica del asunto, en cuya descripción mi padre agotaba su poca calma. El juez a cargo del expediente de la sucesión ordenaba el remate. Pero para que éste se consumara debía haber un comprador. Al no haberlo, se hacía necesario esperar a que diera una vuelta completa todo el cielo de causas y volviera a tocarle el turno a ésta. Así de simple era. ¿Por qué mi madre no quería aceptarlo? ¿Por qué lo complicaba con preguntas fuera de lugar, quejas y exabruptos? Era la única ocasión en que dejaba de lado su política de paños fríos con el nervioso de su marido.

El punto clave del malentendido, lo que mi madre se negaba a entender, era que los dueños no aprovecharan la ocasión de comprarse a sí mismos y terminar con esa farsa. Y sin embargo, estaba muy claro. Al no haber ofertas, no se vendía, y ellos seguían siendo dueños sin poner un peso. Si hubiera habido una oferta, las distintas ramas de la familia, peleadas a muerte entre sí, la habrían subido… Se habría producido una escalada de nunca acabar, porque todos ellos estaban obstinados en ganarle la posesión a los otros. Era un peligro siempre latente. Ellos no iban a encender la mecha, pero podría hacerlo otro, alguien ajeno a la familia e ignorante del pleito, que tuviera la peregrina idea de comprar para tirar todo abajo y hacerse un chalet… De hecho, la cuestión nos concernía, a nosotros más que a nadie, porque vivíamos ahí. Una consecuencia curiosa de este pleito fue que en tiempos remotos, antes de que yo naciera, cuando mi padre fue a pagar el alquiler, los dueños le dijeron que no podían darle recibo. Este documento, supongo, modificaría el estatus legal de todo el trámite. Mi padre respondió que si no le daban recibo, no pagaba. Ahí se atrancaron, y no pagó más, es decir que no pagó nunca. O sea que, además de tener el alquiler congelado, no lo pagábamos.

Todos mis amigos vivían en casitas mezquinas y apretadas. A nosotros nos sobraba espacio, pero, en un gesto de soberbia dignidad de pobres, lo despreciábamos y vivíamos en una pieza. Ni siquiera de la galería usábamos más espacio que el delimitado por nuestra pieza. A mí me tenían prohibido entrar a las otras, aunque la mayoría no tenía puertas y sólo las recorrían las ratas. No es que me atrajeran mucho, tampoco. A veces, en ausencia de mis padres, organizábamos una excursión con los chicos del barrio, pero era muy raro. También me tenían prohibido jugar en el parque, o inclusive hollarlo, más allá del sendero que llevaba a la letrina, o el de la bomba (porque tampoco teníamos agua corriente), y yo tenía tan internalizada esta limitación que hubo rincones que no pisé nunca.

De todos modos, el edificio actuó dándole su forma definitiva a mi imaginación. Desde entonces, siempre he pensado en forma de palacio. Para dormirme a la noche, recorría en la mente todos esos cuarto vacíos… No todos, porque no sabía cuántos eran, nunca me tomé el trabajo de contarlos. Me perdía en ese laberinto cuyo centro era el sueño. Puede parecer poco para modelar la imaginación de un hombre, y con ella todo el transcurso de su vida. Pero, aparte de que no sería la primera vez que una pequeña causa produce un gran efecto, no es poco. Porque la situación disolvía la contradicción entre Palacio y Pieza, y ponía en marcha el mecanismo para disolver todas las contradicciones.

Nunca supe (y nunca supe que no lo sabía: por eso no pregunté) por qué nuestro hogar era ese cuarto, y no otro.

Había tantos, y todos iguales… Aunque, por supuesto, no eran iguales; cada uno estaba en su lugar, y esa diferencia era irreductible. Lo único que tenía nuestro cuarto que no tenían los demás, además, claro está, de que el nuestro se había mantenido habitable, era una chimenea. Una gran chimenea de mármol. Ningún otro cuarto la tenía. Quién sabe a qué designio antiguo y perdido obedecía. Cuando en el curso de mis lecturas encontré la expresión «el Palacio de Invierno», me hizo soñar; pensé que podía modificarla, de acuerdo con mi experiencia personal, y quedaba así: «el Cuarto de Invierno del Palacio de las Estaciones».

Una vez mi madre contó, en medio del incesante parloteo que empleaba para mantener calmado a mi padre, que cuando fueron a vivir ahí, de recién casados, empleaban la chimenea para cocinar, con un fuego de leña, como en la Edad Media. Me entusiasmé, con el snobismo histórico de los niños. Me habría gustado verlo. Le pedí que hiciera una comida, aunque más no fuera una sola, al viejo estilo; pero no me dio el gusto. Me prometí que cuando fuera grande volvería a la Edad Media cuantas veces quisiera, a despecho del progreso. Al parecer esa etapa a ellos les había durado muy poco, porque con su primer sueldo de electricista municipal mi padre le había comprado a su esposa una enorme cocina Volcán a kerosene, la que teníamos todavía. Seguía donde la habían colocado al traerla, contra el punto central de una de las paredes laterales. El cuarto era cuadrado, y cada pared tenía en su mitad un jalón: en la que daba a la galería, era la puerta; justo frente a ella, en la que daba a la calle, la ventana; en las laterales, en una la cocina Volcán; en la otra, enfrentada, la vieja chimenea. Esa simetría me encantaba, le encontraba siempre sentidos nuevos. El piso era de madera, de unas tablas estrechas, y sonaba a hueco. El mueble más grande era la cama matrimonial, contra la pared lateral al costado de la chimenea, del lado de la puerta. Del lado de la ventana, mi cama, y una gran alacena. Frente a mi cama, a un costado de la cocina, un ropero de tres lunas, voluminoso y muy alto. El mobiliario se completaba con la mesa y las sillas, en el rincón del lado de la puerta. Esa disposición no cambió nunca.

Ése era nuestro pequeño mundo, nuestro refugio y nuestro secreto. Pensado desde este lado del tiempo, parece como si necesariamente debiera de haber un secreto. Un secreto lo habría justificado, aunque más no fuera como recurso mnemotécnico. Lo curioso es que no lo había, y sin embargo lo recuerdo todo perfectamente. No estábamos apretados. Yo me pasaba el día en la calle, papá también por su trabajo, y mamá era muy «portera»: se llevaba una silla a la vereda y se sentaba a tejer, tardes enteras. Decía que había empezado a hacerlo cuando yo empecé a caminar, para vigilarme, y después le quedó la costumbre. La gente que pasaba pensaría «Qué casa grande tiene esta señora», y no sabían que la casa propiamente dicha estaba oculta en el corazón de esa casa que veían, como una semilla está oculta dentro de un bosque.

Había otro exterior en el interior de la pieza, y era la radio. La teníamos en una repisa sobre la mesa, y estaba encendida siempre que había alguien en casa. Oíamos música, informativos, programas cómicos, de preguntas y respuestas; mamá seguía las novelas, y yo también, las de Chiappe, que eran gauchescas. Mamá consideraba una prueba de devoción filial y familiar que yo interrumpiera mis correrías, fueran cuales fueran, para ir a escuchar con ella la novela de Juan Carlos Chiappe. Se lo comentaba a las vecinas, muy orgullosa. En realidad yo lo hacía porque me gustaban, no por lealtad.

Por la vía de la radio entraba también a nuestra existencia la política. Mi vida habría sido menos torturada si la política hubiera estado excluida en nuestra casa, como, por muchas razones, debería haberlo estado. La principal de estas razones era el desengaño. Siempre se ha dicho, y con razón, que el peronismo no fue un genuino fenómeno popular: vino de arriba, y el pueblo lo recibió como un don, y lo siguió recibiendo hasta que recibir se le volvió una segunda naturaleza, y entonces empezó a recibir lo contrario. Esta interpretación puede parecer una sutileza intelectual, porque en los hechos las masas se sintieron protagonistas, y actuaron en consecuencia. Y lo que importa son los hechos, «la única verdad es la realidad», la génesis es secundaria. Y sin embargo, los hechos mismos terminaron justificando este razonamiento, porque desde la misma dirección de donde había venido el peronismo, de la misma altura, vino el antiperonismo. Y justamente la ilusión de haber estado decidiendo su destino, al desvanecerse, produjo el desengaño, y la vergüenza por haber sido tan ingenuos.

Mi padre enmudeció, por fuera y por dentro. Si no hablaba, era porque no tenía nada que decir. Internalizó la dialéctica maldita de la Historia, la puso en cada célula de su lengua fría y muerta y se volvió un enfermo de los nervios. A partir de ahí, no tuvo la serenidad necesaria para ocuparse de la realidad del país, que era tanto o más histérica que él. En efecto, fueron años de inestablilidad, problemáticos, confusos. Arreciaban los cambios de gobierno, las intervenciones, los planteos militares. La radio nos traía las noticias. Los comentarios estaban a cargo de mi madre, que se fue volviendo más locuaz con el paso del tiempo. Por supuesto, no entendía nada de política, no podía saber de qué se trataba, y aun así se mostraba desenvuelta, escéptica y dogmática a la vez, envalentonada seguramente por el silencio de mi padre. Él debía de percibir la magnitud de los dislates de su esposa, su increíble ignorancia, su irresponsabilidad infantil, pero callaba. Y ya se sabe que el que calla otorga.

Recuerdo que en cierto momento, en ocasión de unas elecciones, habían lanzado un slogan que repetía la radio todo el tiempo: «Al gobierno lo elige usted». Mi madre soltaba una risita sarcástica y respondía: «… y Rattembach lo saca».

No habría sido tan grave (para mí, que era el único testigo de esta curiosa guerra sin combatientes) si ella se hubiera limitado a este cinismo desencantado, a estas ironías aisladas. Lo grave fue que empezó a desarrollar un antiperonismo visceral, gorila, difamatorio, auténticamente delirante. No era tanto un desarrollo ideológico como una consecuencia natural de la decisión de hablar; con algo hay que llenar el discurso. Empezó a hacer discursos, a la hora de la comida. Se embalaba, y no podía parar. Me adoctrinaba. Prefiero no reproducir sus palabras. Todos tenemos una historia política así de confusa y paralizante; por lo menos, todos los argentinos la tenemos. Por otro lado, no duró mucho. Era demasiado absurdo como para sostenerse, y quizás su función fue servir de impulso o molde formal para la etapa siguiente.

En efecto, caído el tema político quedó el discurso. Mi madre debía de haber descubierto que si ella hablaba, su marido se quedaba callado, y eso valía tanto para la política como para cualquier otro tema. Callado, a él se le aplacaban los nervios, o al menos sus manifestaciones más incómodas. Ella recurrió a sus memorias de infancia, se hizo inagotable en cuentos, viñetas, estampas, retratos, y yo terminé enterándome de todo. Aunque ella lo contaba muy feliz, sin resaltar el resentimiento, y hasta dándole un tono humorístico, era una sostenida historia de terror. Se había criado en el campo, la mayor de una decena de hermanos a los que había debido criar ella, sin ayuda, porque su madre era un monstruo de indiferencia; según ella, su madre había sido esa figura excepcional y casi inconcebible: una mujer sin instinto maternal. La misión que esa carencia descargó sobre sus débiles hombros de niña tuvo por efecto compensar su desgracia física: sus hermanos la quisieron como a una madre, no la segregaron como el fenómeno enano y anteojudo que era. El padre había muerto joven, y, por supuesto, lo idealizó.

El padre murió el año en que ella se casó, no sé si antes o después pero ese mismo año, el cuarenta y ocho. Hasta ese punto llegaban sus evocaciones; a partir de ahí se hacía el silencio. Nunca habló de su casamiento, quizás porque lo daba por sabido (pero yo no lo sabía, y me habría interesado sobremanera). Con esa discreción compensaba, o sobrecompensaba, una verdadera fijación que tenía con el tema. Pero ese tema particular, el matrimonio, en un medio en que los matrimonios venían dados desde la eternidad y estaba afectado por un poderoso tabú, se resolvía, como tema de conversación y de pensamiento, en la negativa, es decir en las solteronas. Las tenía catalogadas y estudiadas, a todas las del barrio, les inventaba esperanzas, les elegía «candidatos», fantaseaba soluciones… Pero gozaba infinitamente con el fracaso, que daba por des-

contado de entrada, y en eso no se equivocaba porque todas las solteronas de las que tuve noticias siguieron siéndolo por siempre. Es cierto que a veces en su entusiasmo
exageraba al motejar de «solterona» a alguna chica de veinte años (generalmente cuando era maestra o empleada), y
de pronto se casaba. Pero eran excepciones que dejaba pasar: su «elenco estable» se mantenía sin cambios. No pasaba día sin que se ocupara de ellas. En cierto modo, sin saberlo ni quererlo, estaba reivindicando la movilidad social
que había introducido el peronismo en la vida argentina,
porque las solteronas son un fenómeno específico de la
clase media, y su aparición en el medio proletario en el
que nos movíamos no podía interpretarse sino como una
señal de ascenso. Ella misma lo decía, a veces: «Las negras
se casan siempre, por feas que sean». Pero en realidad no
desmentía su postura gorila, ya que las solteronas, en razón del período largo que las constituía, estaban ahí desde antes de que hubiera peronismo, y seguirían estando
después; los diez años que duró el peronismo no alcanza-
ron para hacer solteronas, y con ello se revelaron como
meras ilusiones sus pretensiones de transformación social.

Hay una imagen que quedó suspendida entre ella y yo,
definitivamente, aunque su aparición fue casi adivinatoria
por mi parte, deducida de un balbuceo de ella, de un gesto o una mirada. Entre madre e hijo pueden darse esas
conjugaciones de la imaginación. Eran las novias, «el sueño de las novias»… Así, con esa fórmula, me quedó. Ella,
tan práctica, tan prosaica, tan irónica, una vez se había
puesto lírica al describir el vestido de novia de una joven
rica, una hija de estanciero, a cuya boda había asistido en
su juventud: «un sueño», un sueño vaporoso y blanco de
rasos y encajes y tules… De ahí debió de quedarme la ex-

presión, que por lo demás respondía a un hecho objetivo, pues todas las jóvenes de aquel entonces soñaban con su boda, y con el vestido. Para todas, era la única ocasión en la vida de lucir las galas de una princesa. Era tan absurdo… Pero era real, sucedía, nadie podía negarlo porque habría sido como negar el testimonio de los sentidos. Y ese sueño sucedía por afuera de la historia, ajeno a las vicisitudes de la política y la sociedad, como que estaba guardado en el cofre inexpugnable del alma de las vírgenes.

Mi madre había atisbado más allá del sueño, y yo me colé en esa mirada, no sé cómo… Ella había visto al pueblo, a Pringles, es decir todo su mundo, habitado por novias, con sus vaporosos vestidos blancos de tul de sueño… Todas las mujeres eran novias, todas las habitantes de ese planeta, y no había hombres, o no participaban de la visión, todas jóvenes y hermosas, todas «instantáneas», flotando en su tiempo personal (porque cada una se casaba «a su debido tiempo», cuando llegaba su hora, que era única e intransferible, preparada con detallismo perfeccionista) en las calles, veredas, patios, casas, del pueblo, visto a vuelo de pájaro y también desde la perspectiva maravillada de un niño… Esa bellísima utopía de mi madre era su triunfo sobre el tiempo. Yo la complementaba con una fantasía peculiar, que reforzaba mi identificación con ella. Partía de una curiosidad malsana que tenía de ponerme sus anteojos para ver cómo se veía el mundo a través de sus cristales; se lo había pedido muchas veces, y nunca me había dejado. Como no se los sacaba nunca, ni para dormir, no tuve la oportunidad de darme el gusto, pero ya se sabe lo insistentes que son los chicos con esos caprichos. Me imaginaba que se los robaba cuando ella dormía, se los arrancaba con un movimiento preciso y salía corriendo… Yo

siempre salía corriendo, en mis fantasías y en la realidad…
Y me los ponía al salir a la calle, y entonces sí, aunque fuera por un instante (porque mi madre venía corriendo en camisón a recuperar sus anteojos, me pisaba los talones), veía la «bellísima utopía», el mundo de novias…

De la vida anterior de mi padre, en cambio, nunca supe nada, y no me atreví a preguntar. De algún modo, él había sabido crear la impresión, en el trío, de que el menor movimiento que hiciera su mente hacia el pasado desencadenaría una crisis nerviosa irreversible. Como esos mecanismos de tracción a piñón fijo, que simplemente no pueden actuar en reversa. Esto debió de dejar su huella en mí, porque una vez, muchos años después, cuando me explicaron cómo funcionaban los cambios de un auto, pregunté: «¿Y qué pasaría si yendo en cuarta, a ciento ochenta por hora, uno pone la marcha atrás?». Y no era una pregunta en broma sino una duda genuina. A mi padre, evidentemente, las circunstancias históricas y las obligaciones familiares lo habían apuntado hacia el futuro, y para él el tiempo corría en una sola dirección. Es lógico que no tuviera nada que decir, porque el futuro está hecho de acción, no de palabras.

Una sola vez rompió el silencio de modo significativo. Fue una noche de invierno, no recuerdo si antes o después de cenar. En la radio pasaban una obra de teatro; mi madre entendió que era algo serio, cultural, y exigió silencio; se lo exigió a ella misma, que era la única que hablaba. Yo aguanté unos minutos apenas; no comprendía nada, lo que seguramente significaba que no quería comprender. Bufé y protesté, aburrido, lo que me valió unos chistidos y una mirada de advertencia. Yo tenía esos arrestos de rebeldía, y una idea muy definida de lo que era divertido y lo que no. Al fin, con mi habitual fórmula pedante, «Me retiro a mis aposentos», me levanté de la mesa y fui a tirarme a la cama y abrí, desafiante, una *Rico Tipo*. Esta revista, que era una de las muchas que compraba un camionero vecino y me prestaba su madre, me la tenían prohibida por sus dibujos picarescos, así que la leía a escondidas. En esta ocasión la exhibí deliberada y ruidosamente, como una declaración rencorosa que me proponía sostener con razones; si ellos me forzaban al tedio de escuchar un bodrio incomprensible, caían sus censuras y todo me estaba permitido, como autodefensa, para no morir de aburrimiento. Pero me quedé con las ganas de litigar porque no me miraron ni se acordaron más de mí. Mi malhumor se disolvió en el interés de la lectura, y yo también me olvidé de ellos y de la radio. Habré pasado una hora o más absorto en la revista; de pronto, la obra que escuchaban había terminado.

Hubo un silencio. (En algún momento debo de haber vuelto a la mesa, porque participé en cierto modo en la conversación que siguió.) Mamá ya se lanzaba a hablar… Pero no lo hacía del todo, demasiado segura de su exclusividad, no se le ocurría que nadie fuera a disputarle el turno de hacer comentarios. Balbuceaba, calentando la máquina:

—¡Genial! ¡Un genio! ¡Qué talento! ¡García Lorca…! ¡Yerma! ¡Estuvo en la Argentina! ¡Margarita Xirgu…! ¡Lo mataron en la guerra!

En realidad ella siempre hablaba así, sin sintaxis, aun cuando estaba embalada en un relato. Mucho más en este caso, en que no tenía nada que decir. Pero ella siempre tenía algo que decir. Ya sus exclamaciones preliminares transmitían lo básico del mensaje: eso que habían oído era cultura de verdad, cultura de clase alta, y los peronistas no tenían nada que ver con eso; de hecho, el peronismo había quedado desenmascarado con esta emisión. Los peronistas tenían que oír esto, y quedaban aplastados. Todo esto era como si lo hubiera dicho textualmente. Pero además quería decirlo, y quería decir muchas cosas más. Estaba llena de palabras. Era como si quisiera apoderarse de la famosa pieza de García Lorca y reemitirla, ahora ella, ahora a su favor... Pero no se apuraba. La mitad del trabajo ya estaba hecho. Ya la mera existencia de García Lorca era una debacle total para el peronismo, porque era anterior a éste, y también posterior, como quedaba demostrado esa noche... era una prueba tangible de la persistencia transperonista de la gente decente, culta, no masificada...

Sus pretensiones, en el fondo, eran bastante encomiables. Si no las expresaba en forma más articulada era porque había quedado aturdida por la sorpresa, o por la plenitud... Simplemente antes no se había acordado de la existencia de García Lorca... ahora le volvía, en la voz de su padre, gran aficionado a la zarzuela... Le volvía confundida con otros recuerdos, mezclada con *La del Soto del Parral*, con Los Gavilanes de España, hasta con Tito Schippa...

Con todo, algo fallaba. Yo mismo lo percibí, no sin una vaga alarma. A pesar de su entusiasmo, estaba dejando un hueco. Todo lo que decía, y lo que podía decir, era lo exterior al fenómeno, su efecto, su prestigio, su resonancia como objeto concluido. No hablaba de la génesis del significado, es decir del contenido de la pieza. Probablemente deslumbrada con la ocasión maravillosa, no había oído una palabra, su conciencia había estado demasiado llena con la ocasión misma para admitir los elementos que la constituían.

Y ahí, justamente, mi padre tenía algo que decir. Había estado muy pensativo, muy reconcentrado. De pronto dijo:

–Un escritor, para poder escribir algo como esto…

¡El sobresalto!

–¿Qué…?

Efectivamente, hasta el genio se veía en la necesidad de escribir su obra. Las cosas había que hacerlas. Todos los argumentos de encomio y satisfacción que preparaba mi madre perdían oportunidad ante este ataque por un flanco inesperado, que se revelaba anterior, y más básico.

Pero mi padre, ajeno por completo a cualquier discusión, se abstraía más y más en la busca de las palabras que apresaran sus fugitivas ideas:

–… para escribir algo tan contrario a los sentimientos que vive todo el mundo… Tiene que… inventar… escribir… como si él viera la vida… –Se ayudaba con gestos; hacía planear las manos sobre la mesa, ponía un dedo en un punto, después en otro, como si señalara los sitios de un diagrama imaginario, de un circuito.

–¿Pero qué estás…? ¿Te volviste…?

–Nosotros vemos la vida… –Hacía un gesto que indicaba: «de aquí para allá»–. Mientras él… –Gesto: «de allá para aquí».

–¿Qué…? ¿Quién…?

–Él no puede vivir… Es decir, nosotros no podemos ver…

–¡Vos no podrás…!

–Va contra la corriente… Es como si… –En ese punto encontró la idea que lo expresaba, y su voz se hizo más firme–: La vida al revés. Eso es. El escritor tiene que vivir la vida al revés. –Seguía ayudándose con gestos, pero ahora seguros, como si viera con total claridad su idea y sólo tuviera que hacérmela ver a mí. Porque se había vuelto hacia mí y me hablaba como un maestro a un alumno—. Todo en la vida está puesto en una dirección, ¿no? Ahora imaginate que lo mismo está puesto al revés…

—¡Pero callate! ¡Callate, querés! ¡Callate! ¿No ves que el chico no te entiende?

Ahí fue como si él se despertara y la miró. Le dijo algo desagradable: «ignorante», «burra», no sé qué más, no recuerdo. No se habló más del asunto. La interrupción de mamá no me hacía perder gran cosa porque era evidente que las elaboraciones de mi padre no iban a ir más lejos. Hasta el día de hoy me pregunto qué habrá querido decir con «la vida al revés». De grande leí *Yerma* buscando la clave, tratando de reconstruir aquel razonamiento oscuro, sin éxito.

Una de las anécdotas de su infancia que había contado mi madre puede dar un modelo de esta curiosa vida cotidiana que la Historia nos obligaba a vivir. Cualquier otra anécdota serviría lo mismo; algunas me quedaron en la memoria, otras no.

Ésta la habían protagonizado dos de sus hermanos cuando eran chicos, de siete u ocho años, una niña y un varón, menores que ella. Esos dos siempre se estaban peleando, siempre inventando nuevos motivos para pelearse, lo que no es tan raro entre hermanos. Uno de los temas clásicos en esta guerra permanente era el de las órdenes. El varón pretendía que la niña era su esclava, que hacía lo que él le mandaba, y no tenía voluntad propia. Por supuesto, bastaba que él dijera una cosa para que ella corriera a hacer lo contrario, pero aun así el muy pérfido se las arreglaba para afirmar con algún sofisma que en realidad lo había obedecido. Por ejemplo, decía «Cerrá la ventana»; ella saltaba a abrirla; y él: «Muchas gracias, así me gusta, que me obedezcan». «¡Mentiroso! ¡Dijiste que la cierre, y yo la abrí!» «Es que en realidad quería que la abrieras, porque tengo mucho calor. Si te hubiera dicho que la abrieras no la habrías abierto, ¿no? Pero como te conozco, te dije que la cerraras, y conseguí lo que quería. ¿Viste cómo siempre caés en la trampa, esclavita?» Y se reía, muy satisfecho. Ella: «¡Mentiroso! ¡Peleador! ¡Yo hago lo que quiero!». Él, dando el golpe de gracia: «¿Querés una prueba? La ventana estaba cerrada». Eso era indiscutible, y ella se retorcía de furia impotente.

Así era siempre. Se le ocurrían los trucos más ingeniosos y oportunos, y a pesar de la maldad que presidía estas operaciones, el resto de la familia no podía menos que admirar sus recursos. «¡Lástima que no usara su inteligencia para algo más provechoso!» Pero se resignaban pensando que eran niños, y que todo eso quedaría en juegos sin consecuencia.

Y así fue, salvo que una vez estuvo a punto de pasar algo grave. La niña estaba poniendo la mesa del comedor, para el almuerzo familiar. Lo hacía por ayudar a la madre, y porque le gustaba hacerlo. Apareció el hermano, que siempre andaba a la busca de ocasiones de provocación: «Ponga la mesa, que tengo ganas de comer. Muy bien, muy bien, así me gusta, que me obedezca». Esto era demasiado burdo para resultar ofensivo, y ella lo oyó como quien oye llover. Apenas una mueca de desdén, y siguió su trabajo como si tal cosa. Lo hacía muy a conciencia, poniendo cada cosa en su lugar como le habían enseñado. El hermano se quedó mirando, y, como era casi fatal, se le ocurrió algo. Se sentó en la silla de la cabecera más alejada de la puerta de la cocina, el lugar del padre, adoptó una postura dominante, de soberanía relajada, los ojitos entrecerrados, clavados en ella, la cabeza echada hacia atrás… Con eso sólo ya había logrado que su hermana perdiera naturalidad; al sentirse observada, sus movimientos se habían hecho más rígidos y maquinales. Él esperó unos segundos, apenas lo necesario para entrar en el ritmo del trabajo, y empezó a dar órdenes. Eran órdenes a posteriori: ella ponía un plato en su lugar, él decía: «Ponga ese plato»; un tenedor: «Ahora ponga el tenedor», un vaso: «Coloque el vaso en su lugar». La niña quiso burlarlo: tomaba un plato, hacía el gesto de ponerlo en su lugar, y no bien él decía «Ponga ese plato» ella lo devolvía a la pila y ponía un cuchillo o una servilleta. Pero él, sin inmutarse, acompañaba con implacables contraórdenes cada movimiento: «No, me arrepentí, mejor ponga primero el cuchillo… se me antoja que antes ponga en su lugar la servilleta…». Ella ponía un vaso: «Ponga ese vaso»; ella lo sacaba y lo llevaba de vuelta al aparador: «Saque ese vaso y llévelo al aparador… Así me gusta, que obedezca al amo». La pobre chica no podía ganar nunca. No importaba que pusiera la vajilla y los cubiertos en el orden en que quisiera y donde quisiera; las órdenes, aunque vinieran a la zaga de los hechos, creaban una atmósfera de compulsión que la envolvía por todas partes. Sus detenciones, cambios de ritmo y de dirección, los mil trucos que inventaba sobre la marcha para burlar esa fatalidad, no hacían más que acentuar su sensación de marioneta movida por un poder inescapable. Él saboreaba su triunfo, se hacía cada vez más virtuoso en el juego, le sobraba tiempo para intercalar comentarios autosatisfechos: «Qué buenas vienen las esclavas últimamente… No, esa cuchara al otro lado, no, mejor donde estaba antes… ¡Muy bien! Qué dóciles las negritas esclavas que traemos de la selva…». Despatarrado, con una pierna pasada por sobre el brazo de la silla, acompañaba las órdenes con gestos lánguidos de monarca oriental, y fumaba un cigarro imaginario para completar la figura de potentado. Exageraba la gracia algo maricona de sus movimientos para hacerla contrastar, gloriosa, con el automatismo desesperado que dominaba a su hermana.

«Ese tenedor, ahí… No, cambié de idea, al otro lado… No, mejor se me antoja donde estaba antes… Mejor lo dejamos para después… No, lo ponemos y listo, ahí, justamente, gracias, sirvienta…»

Pero ese tenedor tenía otro destino. A la pobre marioneta «esclavita», en el colmo de la angustia, se le ocurrió el único sitio donde su «amo» nunca le ordenaría ponerlo: se lo lanzó. Si lo hubiera pensado fríamente, habría llegado a la conclusión de que era lo único que le quedaba por hacer. Pero no lo pensó. Lo arrojó en un impulso ciego de furia.

Y pasó algo que volvió memorable el episodio. El tenedor se clavó en la mejilla del «amo», con tanta fuerza que quedó horizontal, temblando sus cuatro puntas incrustadas en el hueso del pómulo, justo abajo del ojo izquierdo. La madre, que acudió atraída por los gritos, tuvo que tomar con una mano la cabeza del hijo, empujando la frente con la base de la palma, y tirar con la otra del tenedor para desprenderlo.

«Un centímetro más arriba, y lo dejaba tuerto», era el comentario obligado, que a mí me parecía banal. Lo asociaba con lo del «ojo del amo». Prefería pensar en el instante previo al impacto: el tenedor dando vueltas en el aire sobre la mesa, como en el circo… Era la casualidad, por supuesto. Si ella hubiera querido hacerlo, aun probando mil veces (yo probé) no habría podido. ¡Y con un tenedor, no con un cuchillo! ¿Por qué en el circo no lo hacían con tenedores?

Sea como sea, esa vez no hubo orden retrospectiva, y ella triunfó. Lo cual no disminuía a mis ojos el triunfo anterior de él. Yo podía entenderlo y apreciarlo plenamente, como cualquier chico al que le contaran esta historia. A la vez, los dos habían fracasado: ella por verse obligada a salir de las reglas del juego; él, porque su manipulación del tiempo había encontrado el límite de su propio cuerpo haciendo de barrera insuperable entre pasado y futuro.

¿No era todo así? ¿No fue así el peronismo? ¿La legislación social? «El aguinaldo, muy bien, póngalo en diciembre.» «Ahora las vacaciones pagas, un hotel sindical en la playa… No, mejor en las sierras. Así, perfecto.» La comunidad organizada.

Desde que el peronismo quedó en el pasado, mi madre se hizo antiperonista virulenta. No creo que haya sido la única. El «hecho maldito» de la burguesía argentina afectó a los que no eran burgueses bajo la forma del tiempo. Es el tiempo el que pone en marcha la dialéctica amo-esclavo, invirtiéndola (la dialéctica no se pone en marcha sino con una inversión). De ahí debe de venir lo de «la vida al revés». Con esta expresión, creo que mi padre se refería a la invención de una mujer estéril. En la vida al derecho, ¿para qué inventarla?

La «vida al revés» no es exactamente lo mismo que el «mundo al revés». Éste es más banal, y tuve abundancia de ejemplos donde observarlo. Uno de aquella época, que me dejó un recuerdo muy claro, sucedió en casa de mi amigo L., un compañero de escuela con el que fuimos inseparables un tiempo. Era hijo único él también, pero con una justificación que lo cambiaba todo: era huérfano, su padre había muerto, clausurando la posibilidad de los hermanos. En contraste, nuestros padres vivos tomaban una figura de serena abstención; no querían tener más hijos; el muerto, no podía tenerlos aunque quisiera. En la fantasía, había un cambio de roles: el muerto se mostraba más activo (si viviera, tendría hijos), los vivos más pasivos. Complementaria con ésta, había otra diferencia: L. pertenecía a la clase media. Para mí, estaba en otro mundo. Los huérfanos ya de por sí tienen un aura romántica; es como si a ellos les hubiera pasado lo impensable, que por impensable no puede pasar en la realidad. Vivía con su madre en una casa moderna a la vuelta de la mía; yo nunca perdí un sentimiento un tanto vertiginoso cada vez que entraba, aunque en esa época lo hacía todos los días. Fue la única casa de clase media que visité en mi infancia, por eso me quedó como un paradigma. Por comentarios de mis padres, y por lo que puedo reconstruir ahora, sé que debían de vivir bastante ajustados, de alguna pequeña renta que había dejado el difunto, pero para mí eran ricos. No necesitaba examinar su cuenta de gastos: me lo decía la casa, y más aun el carácter, el estilo, de L., su despreocupación, su libertad. La casa tenía en el centro una gran sala con una mesa enorme en la que hacíamos los deberes, a la luz que entraba por las puertaventanas al patio. Esa luz, constante, excesiva, fue la señal con la que quedó marcada la casa en mi recuerdo.

La madre se llamaba Elena, pasaba gran parte del tiempo en casa de su propia madre, en un sector alejado del pueblo. Tenía dos hermanas solteras, quizás su tragedia las había disuadido de casarse. Era alta, corpulenta, rubia, prematuramente canosa. Cuando estaba en casa, era porque la visitaba alguna amiga, con las que a veces jugaba a la canasta. Una de sus amigas era la Marta Coco, profesora de música en mi escuela, gorda, enérgica, simpática, fumadora. A mí me fascinaba, y le tenía miedo. Por suerte ella no se fijaba en mí, creo que nunca me dirigió la palabra, no debe de haber registrado mi existencia siquiera. Hoy sé que la Marta Coco era lesbiana, entonces era una señora como todas las demás. Era soltera, vivía con la madre y un hermano discapacitado.

Una vez, L. y yo estábamos haciendo los deberes sentados a la mesa, las dos amigas vinieron a sentarse también, en la otra punta, cargadas con lo que me parecieron unos grandes libros de contabilidad, y cajas... Eran sus álbumes de filatelia. En realidad no suyos, sino de sus respectivos muertos: el marido de Elena, el padre de Marta. Parte del culto a los muertos era conservar y ampliar esas colecciones, que para ellos habían sido tan importantes. Esta reunión era, según pude colegir de su charla muy animada, para revisar los álbumes de sellos argentinos e intercambiar repetidos. Eran bastante sistemáticas. Las dos tenían los catálogos de Yvert-Tellier (Marta los complementaba con el especializado de Petrovich) y los manipulaban con destreza. Se habían concentrado en determinadas series, que empezaron a desplegar sobre la mesa, como un dominó o un rompecabezas, sacándolas de las cajas donde tenían las repetidas, remitiéndose todo el tiempo a los álbumes abiertos o a los catálogos, por cuestiones de orden, fechas, valor, impresión... De pronto comprendí que se trataba de la serie de Evita, de 1952, en la que aparece de perfil y de frente, que es muy difícil de llenar por las variantes; son cuarenta estampillas básicas, pero de cada valor hay una en papel nacional, una en papel importado, en cada una de éstas una en offset y una en huecograbado, con inscripción y sin inscripción (es decir con o sin las palabras EVA PERÓN), parejas sin dentar, doble impresión, y en la de cincuenta centavos color castaño un raro error: la impresión hecha sobre la goma. También está, con el mismo dibujo, la de 1954, segundo aniversario, en tres variedades. Con exclamaciones de satisfacción cuando llenaban un hueco, o intrigadas cuando no coincidía un color o el tamaño de un dentado, muy concentradas, se dieron el gusto de «completarlas». Todos los coleccionistas se empeñan en completar sus colecciones, sean de lo que sean, y en ese empeño los auxilia la Historia, que recorta el universo en series discretas. En este caso, no existía la posibilidad de que la serie se reabriera, después de la Libertadora. Se contaba la anécdota, muy poética, de una carta demorada que había llegado años después a su destinatario (años después del 55), con la estampilla de Evita, como la luz de una estrella que llega a la Tierra después de su extinción. Al fin, Marta resumió el trabajo, y le dio un sentido, con una frase: «Es lo único que podemos hacer por la pobre». Sus muertos les habían dejado a ellas el mandato de completar la colección, pero al mismo tiempo Evita, que también había muerto, imponía su propio mandato. La frase me impresionó, y corrí a repetírsela, textualmente, a mi madre. «Inmundas peronistas», fue el comentario. Era un caso de mundo al revés: la clase media peronista. Ahora bien, como el mundo lo abarca todo, dentro de él también la vida estaba al revés, como era el caso del padre muerto.

El caso de mi amigo L. parecía confirmar la leyenda de que los hijos varones eran «hijos de la madre», las hijas mujeres, del padre… No era una leyenda en realidad; me parece que eso fue una interpretación mía; lo que se decía era que los varones se parecían a la madre (es decir eran «hijos de la madre»), las mujeres al padre. Yo lo entendí en sentido literal, y exclusivo. Siendo así, como todos éramos hijos varones, los padres en general se hacían redundantes. De ahí debo de haber sacado la idea de que mi padre era bígamo; no le quedaba otra posibilidad, si quería cumplir con su función reproductiva. Y a pesar de lo que dijeran las brujas de las vecinas, no era contradictoria su adoración de la Virgen, porque Ella era el modelo de la maternidad a solas del Hijo varón. Para ser coherente, el hombre tenía que ausentarse, volverse un extraño. Quizás mi padre se refería a esa curiosa condena al hablar de «la vida al revés». Quizás no. Quizás era el camino de vuelta en el tiempo que debía hacer para llegar a encontrarme a mí, al hijo perdido en la madre. Pero desvarío. Me he pasado la vida tratando de entender esa fórmula tan simple y lapidaria, «la vida al revés». Le he dado mil explicaciones, y ninguna me convence del todo.

«La vida al revés» me hace pensar también en esos animalitos que se cuelgan de las ramas de los árboles para dormir, o para vivir. Es algo inhumano (quizás mi padre se refería a eso, después de todo), pero sólo cuando se lo considera desde el punto de vista de lo humano. Los animales son distintos de nosotros, su historia es distinta, su biología, su química. Hablar de «sus costumbres» ya es una interpolación de lo humano.

Hubo un episodio bastante poético, aunque me hizo quedar como un pequeño idiota, relacionado con el más raro de esos animales: el bicho canasto. Es un ser que ya no existe. Se debe de haber extinguido, cosa que me parece muy verosímil, casi necesaria. No tanto por la eficacia, nula, con que se lo combatía (habría sido un caso único de triunfo del hombre sobre una plaga) como porque era demasiado complicado e inverosímil como para ganarle al tiempo. Era una especie de gusano gordo, del tamaño de un dedo, que se envolvía en un canastillo en forma de cucurucho tejido con ramitas y pedazos de hojas. Se volvía indestructible. Las veces que intenté desarmar uno fracasé, porque no estaba meramente tejido sino pegado, con una goma que segregaba él mismo, y era de tal adherencia que se volvía una sola cosa. En realidad al gusano no se lo veía nunca, no salía nunca del cucurucho, que colgaba de las ramas de los árboles. ¿Cabeza abajo o cabeza arriba? Quién sabe. Hasta que pasó lo que voy a contar yo siempre había creído que se fijaban en un lugar y se quedaban ahí toda su vida; era natural pensarlo porque tenían más de vegetal que de animal.

Ya dije que en nuestro cuarto teníamos una chimenea. No la usábamos para calefacción (nunca teníamos frío) pero sí para quemar cosas, de vez en cuando. Tiraba perfectamente bien, no producía humo ni olor, y debía de ser por eso, por el gusto de usar algo que funcionaba bien, que mi padre se tomaba el trabajo de hacer esos fuegos, porque las cosas que quemaba (hojas secas, basura, algún mueble viejo) podría haberlas quemado en una fogata en el parque, donde no faltaba espacio. Quizás, ahora que lo pienso, habría de su parte una voluntad inconsciente de hacerlo todo en nuestro espacio, en el microcosmos que nos correspondía legalmente.

Un domingo sacó la escalera (otro ejemplo: guardaba la escalera abajo de la cama, de donde sobresalía la mitad por lo menos, y teníamos que cuidarnos de no tropezar con ella: como si no tuviera otros veinte cuartos vacíos donde dejarla) y estuvo un largo rato arrancando bichos canastos de la copa del árbol del parque más cercano a nuestra puerta. Los tiraba al suelo a medida que los arrancaba, y después los juntó con un rastrillo; hicieron una pila fenomenal.

—¿Y ahora? —le dije.

—Ahora, vamos a quemarlos.

Con un balde, en sucesivos viajes, los llevó adentro, a la chimenea. Cuando estuvieron todos allí, me ordenó, con su modo brusco y nervioso, que me encargara yo de quemarlos, porque él tenía que hacer.

—¡No te preocupés, papá! Yo me hago cargo —le respondí yendo a buscar los fósforos. Él salió, como si estuviera muy apurado, sin mirarme. Oí los chirridos de la bicicleta por la galería, y después, allá lejos, la puerta de calle que se cerraba. ¿Adónde iría? Volví pensativo a la chimenea. Quemar una montaña de bichos canasto puede parecer un trabajo extraño y cruel, pero era el modo de destrucción más adecuado a esos seres crujientes y secos.

Ahora bien, yo también debía de tener algo que hacer, porque me limité a arrojar un fósforo encendido a la pila y me fui. Debía de estar apuradísimo, porque no me quedé ni siquiera para ver si se elevaba una llama. Eso explicaría mi solicitud, mi «¡No te preocupés, papá!»: seguramente quería que se fuera de una vez. Mamá tampoco estaba. La casa quedó vacía durante toda la mañana. Al mediodía, me encontraba jugando en un baldío a la vuelta cuando oí los gritos de mi madre llamándome a comer. Tenía la voz aguda y penetrante y no se hacía problemas por llenar todo el barrio con mi nombre si me necesitaba, así fuera por el más trivial de los motivos. Yo la oía a varias cuadras de distancia. Al llegar, mi padre me esperaba en la puerta. Entramos juntos. Sospeché que algo no estaba bien, porque mi primera mirada fue a la chimenea. No había un solo bicho canasto, estaba limpia, blanca. Pensé que habían limpiado las cenizas, y que me reprochaban que no lo hubiera hecho yo. Empecé a murmurar una excusa, pero un sexto sentido me advirtió que me convenía callar. El almuerzo transcurrió en silencio. La atmósfera estaba envenenada. Yo me preguntaba: «¿Tan grave es? ¿No saben perdonar?». Fui a tirarme a la cama...

Entonces los vi. Estaban todos en el techo, colgados del yeso blanco del cielo raso, altísimo, inalcanzable. Lo ocupaban todo, porque habían dejado espacios entre uno y otro, el espacio vital que les dictaba su instinto. No de un modo uniforme, sino como dibujando una oleada, una especie de vía láctea. Eran un espectáculo asombroso, inolvidable. Todo el techo... como farolitos chinos... Habían trepado, se habían escapado, buscando lo alto.

Me invadió el terror más abyecto. Ni por un segundo pensé que mis padres no los habían visto. Y sin embargo no les habían dirigido una sola mirada, no me habían hecho una sola alusión... Me senté en la cama. Mamá lavaba los platos, papá seguía sentado escuchando la radio. ¿Simulaban? ¿Esperaban que yo soltara un grito? No me quedé a esperar la respuesta. Por suerte no me había sacado las zapatillas; ese viejo defecto mío, que tanto hacía protestar a mi madre, de tirarme en la cama con las zapatillas puestas, se revelaba providencial. Fui en línea recta a la puerta, pasando a centímetros de la espalda de papá... le habría bastado con estirar el brazo... Pero no lo hizo: fue como si renunciara a mí. Abrí la puerta, la cerré a mis espaldas sin volverme a mirar y eché a correr desesperadamente por la galería, hacia la calle… Era como si nunca fuera a volver. Los abandonaba como a dos estatuas fúnebres… Huía. Sentía que huía hacia mi propia muerte.

No me era extraña la experiencia de huir, de quemar las naves, dejarlo todo y precipitarme a lo desconocido, a empezar a construir de cero, una historia nueva… Es cierto que tenía muy poco que abandonar, pero los niños se aferran a lo que tienen, sobre todo porque todavía no lo han hecho del todo suyo, todavía están descubriendo sus mecanismos secretos. Pero yo sí, estaba dispuesto a tirarlo todo por la borda al primer aviso.

Huí, entonces… como huía siempre. Pero no fui lejos. Nunca iba lejos porque nunca salía del barrio. Nadie me lo impedía, nadie se habría enterado siquiera, pero yo no salía de un círculo de doscientos o trecientos metros alrededor de mi casa. Ese territorio lo conocía de memoria, y me bastaba. Sus misterios archiconocidos subyugaban a mi joven alma soñadora. Cuando mi madre me llevaba al centro, iba con entusiasmo, pero después lo olvidaba todo; las impresiones del resto del mundo no se adherían.

Del barrio conocía algunos detalles precisos en los que seguramente nadie se había fijado nunca, porque tenían importancia para mis juegos. Por ejemplo la línea justa en la que terminaba la edificación en las esquinas… Sabía de memoria la configuración de cada esquina: la había aprendido en la práctica de uno de los juegos que había inventado, el que llamaba para mis adentros, justamente, «el juego de las esquinas», o, para ser más preciso, «el jueguito de las esquinas», el diminutivo indicaba de modo muy expresivo la característica secreta, privada, intraconciencia, de este juego, su razón de ser de burla o enigma para los demás, diversión inconfesable para mí…

Llegado a este punto, veo que ahora debo describir el jueguito de las esquinas, o explicarlo (en estos casos, describir es explicar). De hecho, tenía la intención de hacerlo desde hace rato, aunque me da un poco de vergüenza extenderme en algo tan pueril e impráctico, pero si no lo cuento yo, nadie lo hará, y va a morir conmigo; y nunca se sabe si una información no puede tener alguna importancia para alguien; o bien debería decir que mi vacilación se debe a la dificultad de transmitir el mecanismo de algo tan preciso y a la vez tan inútil.

Como ya dije, el juego se jugaba en la intimidad de mi conciencia, y lo jugaba yo solo, aunque a expensas de otro. Las ocasiones se daban por casualidad, aunque a veces hacía algo por amañarlas. Básicamente, se trataba de lo siguiente: yo iba caminando por la vereda, y de pronto notaba que alguien venía caminando atrás de mí en la misma dirección, ya fuera por la misma vereda o la de enfrente. Ese otro podía ser grande o chico, conocido o desconocido: cualquiera; aunque en general todos eran más o menos conocidos. Entonces yo seguía caminando al mismo paso que traía, hasta la esquina, y doblaba; no bien quedaba oculto a la vista de mi víctima me lanzaba a correr a toda velocidad hasta el momento en que calculaba que mi víctima estaba a punto de llegar a la esquina, y entonces retomaba el mismo paso de antes de doblar. De modo que cuando el otro volvía a verme, me veía a una distancia para él inexplicable, y se preguntaba: «¿Cómo puede ser?».

Lo llamo «víctima» pero ya se ve que lo victimizaba muy poco. Como máximo, y siempre que no fuera un distraído que no advertía nada, lo hacía dudar del testimonio de sus sentidos, podía hacerle sospechar de la eficacia de sus cálculos y previsiones en el campo de la realidad. La broma habría llegado a su perfecta consumación si mi víctima hubiera temido estar perdiendo la razón, o, mejor, si hubiera tenido un asomo de pánico al avizorar un derrumbe discreto de las leyes físicas, como si al doblar la esquina hubiera traspuesto la frontera de un mundo con un paradigma espaciotemporal diferente. No creo que nadie haya llegado a tanto. Era un jueguito inofensivo, aunque no se puede negar que tenía un fondo cruel. Practicándolo, yo encarnaba al «demonio burlón» que han postulado todos los filósofos.

Había una técnica para hacerlo, y yo me la tomaba muy en serio. Por lo pronto, en los tramos de marcha «visible», antes y después de la carrera, era preciso mantener una velocidad estable, lo más lenta posible pero no tanto como para que llamara la atención: normal, natural. Y la carrera debía ser lo más veloz posible. También había que contener las ganas de salir corriendo antes de haber doblado por completo en la esquina y haber quedado oculto a la mirada del otro, para lo cual se debía calcular perfectamente el ángulo de la ochava. No tenía que haber ni siquiera un «conato» de carrera, una inervación de los músculos; la experiencia me había enseñado que eso se notaba, aun de espaldas y a la distancia; al contrario, había que relajarse y pensar que uno seguiría caminando largo rato a ese paso tranquilo. Por supuesto, lo más difícil era calcular el momento en que el otro llegaba a la esquina: ese cálculo era el mismo que el otro haría después, y le fallaría. A mí no podía fallarme, pues habría sido un bochorno que me vieran corriendo; en realidad, frenaba un poco antes del instante proyectado, para asegurarme; sacrificaba un poco de «distancia de broma» para no correr ningún riesgo. Hay que recordar que todo el juego se jugaba «a ciegas», en tanto el otro iba atrás y yo no me volvía a mirarlo en ningún momento, para no delatarme.

Me pregunto si esta descripción se entenderá. Lo ideal sería ponerle diagramas, planitos esquemáticos de la calle, de la esquina, y líneas de puntos para las trayectorias, no sólo las de los cuerpos en movimiento sino también la de la línea de visión de la víctima (se podrían usar líneas de guiones para las primeras, de puntos para las segundas). Y crucecitas con letras (A, B, A', B') para los sitios donde estaríamos en los distintos momentos del juego. En el fondo, era un juego-mapa.

Lo curioso es que a pesar de mis precauciones, y sin que nada fallara, todos percibían el truco; es decir, entendían que había un truco, que no era natural (o sobrenatural, como yo quería hacerles creer), y además veían cuál era el truco. Si eran chicos, me lo gritaban ahí mismo. «¡No me engañaste! ¡Te creés que no me di cuenta que saliste corriendo!», etcétera. Si eran mayores, se lo guardaban, pero tarde o temprano me lo hacían saber. Algunas señoras, madres de mis amigos, a las que creía crédulas y presa fácil de mis maniobras, me interpelaban después preguntándome «por qué me había escapado de ellas»; en general ésa era la interpretación que le daban los mayores, incapaces de captar el placer hedónico de la broma gratuita.

Antes dije que todo es alegoría. Este jueguito tiene algo de simbólico de la vida. Puede funcionar como un diagrama de un proyecto vital para un joven de pueblo. Todas las fantasías de huida, éxito y regreso siguen el mismo esquema, y se elaboran alrededor de una transmutación de la mirada vigilante de los otros: esa mirada implacable es la que hace de los pueblos una cárcel, y es de ella principalmente de la que se planea la huida, pero sólo para rescatar vengativamente esa mirada, pasados los años, como testigo de la transformación.

«Pasados los años...» En esa cláusula, tan necesaria aun para el éxito más fulminante, estaba la trampa. Porque pasados los años uno sería adulto, y lo que se habría ganado por un lado, en triunfos profesionales, en dinero, en fama, quedaría compensado por otro, en tamaño, y la figura no parecería tan lejana. Los años neutralizarían la carrera.

Es increíble la importancia que se le da al tiempo biológico, lo presente que está siempre, en esos pueblos de los que se dice que están «detenidos en el tiempo», y que efectivamente tienen su propia cronología. Es algo en lo que se piensa, es motivo de cálculos permanentes, nunca se aleja de la conciencia. Constituye un vínculo entre niños y adultos. Estos últimos, aun los más insospechables, los más serios, siempre están comunicándose con los niños por la vía de ese tema. Recuerdo que una vez aquel señor razonable que hablaba en la oficina del contador sobre la educación de los jóvenes, me hizo un planteo en ese sentido. Me preguntó cuántos años tenía; se lo dije; supongamos que fueran ocho.

—¿Ocho años? ¿Cumpliste ocho?

—Sí.

—Entonces, tenés nueve. —Yo debí de poner cara de extrañeza, porque se explicó—: Tenés ocho cumplidos, nueve sin cumplir. Pero si no entrás en detalles, que en realidad nadie te pide, podés decir perfectamente «tengo nueve». Los ocho ya los cumpliste, que es como decir que ya los tuviste, y ahora «tenés» nueve. —Me guiñaba el ojo, cómplice, quizás secretamente ansioso porque yo entendiera su razonamiento; no debo de haberlo defraudado porque yo era un chico despierto, y, pueblerino también, el asunto me importaba. Aun así, me lo repitió, se aseguró de que yo captara la idea. Para él era importante, seguramente se tomaba el trabajo de difundir su ocurrencia como una Buena Nueva entre todos los chicos del pueblo con los que hablaba.

Conmigo no tuvo tanto éxito, porque empecé a perder de vista el futuro; cada vez más, mi vida se limitaba al presente, bajo la forma del entorno inmediato. Podía callejear todo el día, pero sin salir del círculo que alcanzaba la voz de mi madre llamándome: creo que siempre estaba esperando, o temiendo, que me necesitara para darme una noticia urgente, para hacerme una revelación portentosa. Esa expectativa creaba un presente inviolable, del que ni soñaba con extraerme. Me había hecho muy sensible a la fragilidad inherente a la institución familiar. Quería «estar presente» cuando sucedieran las cosas, no tanto por curioso o entrometido, ni mucho menos por creer que mi presencia podía evitar una catástrofe, sino porque me había convencido de que si no lo veía con mis propios ojos nadie podría hacerme un buen relato. Y sospecho que al mismo tiempo sentía oscuramente el temor de que en los sectores desconocidos del pueblo podía tropezar con la «otra familia» de mi padre, posibilidad que me helaba de horror, no sé por qué.

El paso siguiente, que di, fue volverme hacia el pasado. No como nostalgia o historia, sino como un proyecto constructivo y optimista. Ese proyecto nació, previsiblemente, el día que hice mi primera salida fuera del barrio, la primera que dejó un recuerdo y una experiencia que pueda contar. Sucedió cuando tenía diez u once años. También fue un domingo a la mañana, un domingo de primavera. En la Plaza (que estaba más allá del centro, al otro lado del pueblo) se inauguraba el Monumento a la Madre, con una ceremonia, y en la escuela la maestra nos había sugerido que asistiéramos. Hubo una incitación poderosa. Creo que nos dijo que el lunes tendríamos que escribir una redacción sobre el tema. Mi madre aprobó la idea, y me puso mi mejor ropa. Partí con dos chicos que vivían enfrente, igualmente endomingados. Mucha gente iba en el mismo rumbo, no sólo por la inauguración sino por la misa; la iglesia estaba frente a la Plaza, y los domingos a la mañana había tres misas, la de siete, la de nueve y la de once. Mis amigos, estos con los que iba, entre otros, solían ir a misa; yo no, por supuesto. La ceremonia de la Plaza tendría lugar entre dos misas. Lo que tenía de importante era que se trataba de la primera estatua que habría en Pringles. Aunque el pueblo era centenario, no tenía una sola estatua. Hasta ese momento nadie había sentido la falta… En realidad, unos pocos años atrás se había inaugurado un monumento, pero abstracto: el Monolito, al que habían llamado así a falta de otro nombre, porque era una especie de obelisco bajo (tendría unos tres metros de altura), hecho de ladrillos y revocado. Estaba en el cruce del bulevar 25 de Mayo y el bulevar 13. En Pringles las calles tenían nombre y número; número tenían todas, nombre sólo las del centro, y en ese caso se usaba el nombre, no el número, que lo seguían teniendo pero oculto, para fines catastrales; cuando cesaban los nombres, hacia las afueras, se usaban los números, a la espera de un bautismo. En este caso se cruzaban dos con distinto estatus, pero la que tenía nombre, tenía nombre de número, en realidad de fecha. El Monolito lo había donado al pueblo el Rotary Club; era muy simple, muy geométrico, pero tenía unos símbolos extraños, de sociedad secreta. Pese a ellos, nadie diría que el Monolito era una estatua, de modo que nadie le disputaría a ésta de la Madre su condición inaugural.

Cuando llegábamos, unos cincuenta metros antes de la Plaza, vinieron de ella corriendo a recibirnos dos chicos que conocíamos, de nuestra escuela, que por lo visto estaban desde hacía un buen rato. Habían estado esperando en la esquina, atisbando con ansiedad la llegada de conocidos, y no podían esperar a que hiciéramos ese último tramo: vinieron a nuestro encuentro corriendo a toda velocidad, y ya de lejos empezaban a decirnos algo... pero no podían hablar por la risa, se ahogaban, no podían terminar ninguna palabra, tan incontenibles eran las carcajadas. Nosotros sonreíamos con incomodidad, queríamos compartir la alegría pero no entendíamos. Mientras tanto seguíamos caminando hacia la Plaza, y poco a poco fuimos comprendiendo que el motivo de las risas era la estatua, que estaba ahí nomás, muy cerca de la esquina. Ellos nos arrastraban hacia allí, siempre frenéticos de hilaridad, «tentados», intercalando como podían unos prometedores «ya van a ver»...

La estatua en sí era un verdadero anticlímax. Hasta a mí, que en mi vida había visto una estatua, me pareció un *déjà vu*. Sobre un pedestal muy vulgar de granito rojo, una madre amamantando a un bebé, en tamaño un poco mayor que el natural. Era de cemento blanco, y parecía haber sido hecha con un molde, sobre todo por la pose clásica, exactamente igual a la de una estampilla. Había bastante gente en ese sector de la Plaza, y en la vereda de la Iglesia, enfrente, pero nadie le prestaba atención a la estatua, y a juzgar por las maniobras a las que se habían librado nuestros amigos risueños, nadie la había estado vigilando.

Pero justo en ese momento una familia se detenía a mirarla, y nuestros guías tuvieron que tascar el freno, con la mayor dificultad, tanta era su impaciencia. Mientras tanto, lograron hacernos entender cuál era el chiste... Era difícil captarlo, no sólo porque los interrumpía demasiado la risa, sino porque era demasiado inefable para que pudiera transmitirse con palabras; era de esas cosas que hay que experimentar para entender (y por eso, justamente, querían hacer la prueba con nosotros). Al parecer, se habían trepado al pedestal y le habían apoyado la punta de un dedo en la teta a la Madre, a la vez que decían «cu-cú» o algo por el estilo. Nada más que eso. No se necesitaba más, porque era infinitamente cómico. La risa... la misma risa que los ahogaba y los retorcía cuando intentaban contarlo... brotaba automática, imparable... Cu-cú... Lo más cómico del mundo. «¡Ahora van a ver!» No se podía creer, o mejor dicho: había que verlo para creerlo... De ahí su entusiasmo, la ansiedad con la que habían ido a la esquina a esperarnos, a esperar a cualquier conocido con el que compartir ese prodigio. Como todo descubridor, se salían de la vaina por difundir los nuevos mundos que habían dado a luz. Lo habían descubierto por casualidad, haciendo una broma idiota, sin objeto; pero es el modo en que se hacen los grandes descubrimientos.

Al final los molestos testigos siguieron de largo. Ágil como un mono, uno de nuestros amigos saltó al granito rojo y puso el dedo en el preciso punto de la teta, diciendo «cu-cú»... Para su inmensa sorpresa, no pasó nada. Probó otra vez: «cu-cú». Probó con la otra mano, cambió de postura, se afirmó mejor, empezó de nuevo... Una magia poderosa, quizás la misma de antes pero cambiada de signo, impedía la risa. Hasta la sonrisa empezaba a borrarse.

—Qué raro —dijo mirando al otro, que estaba tan perplejo como él—. A ver si vos…

Bajó, cediéndole el lugar. El otro subió, pero sin convicción; algo le anticipaba que no funcionaría; y en efecto, puso el dedo, «cu–cú», y no, la máquina se había descompuesto. Era como una fatalidad, y por eso mismo no lo podían aceptar, se exprimían el cerebro buscando una explicación.

—Cómo puede ser… No sé qué pasará. Hace un rato… le tocábamos la teta… —No había nada que hacerle: ya ni contarlo les causaba gracia. La risa se había extinguido. Sugerí que dejáramos pasar un rato, para ver si volvía a cargarse. Ni me escucharon. La situación se había hecho un tanto ridícula, seguir probando equivalía a entrar en un infinito de oprobio, la estatua misma tomaba un tinte deprimente.

Nos separamos. Yo quise dar una vuelta, apreciando un paisaje virtualmente nuevo para mí. Ya dije que era una mañana de primavera, soleada y perfecta. De pronto, extrayéndome de la máquina infernal de la Madre, tenía mucho para ver. La Plaza de Pringles es uno de los complejos arquitectónicos más notables del país, la obra maestra de Salamone, uno de esos genios cuyo legado se magnifica con el paso del tiempo y el recambio de las generaciones.

Francisco Salamone (1897-1959) fue un arquitecto de formación modernista. Estudió en Córdoba, y fue ingeniero además de arquitecto. En 1936 el gobernador Fresco, caudillo conservador de iniciativas monárquicas y vastos recursos económicos, comisionó a Salamone para el diseño y construcción de edificios públicos en la provincia de Buenos Aires, y al parecer le dio carta blanca para la realización de sus proyectos. En unos pocos años (menos de cinco) de actividad febril, se levantaron palacios municipales, mataderos y cementerios en Pellegrini, Guaminí, Tornquist, Laprida, Rauch, Carhué, Vedia, Azul, Balcarce, Laprida, Saliqueló, Tres Lomas, Saldungaray, Urdampilleta, Puán, Navarro, Cacharí, Chillar, Pirovano, y Pringles. Domina en ellos una mezcla de *art déco* y monumentalidad mussoliniana, sin desdeñar los toques asirios, egipcios, futuristas y oníricos. En algunos pocos casos el diseño no se limitó al edificio sino que abarcó complejos paisajísticos, y de éstos el más acabado es el de Pringles. La Plaza ocupa dos manzanas, con un amplio óvalo en el medio donde se alza el palacio, que es el más grande y hermoso de los firmados por Salamone. Los módulos estilísticos de su masa colosal se repiten en los faroles, bancos, pérgolas y fuentes de la Plaza, así como en el embaldosado de sus veredas. También la plantación fue dirigida por el artista, y se utilizaron rarísimas especies hiperbóreas que según la leyenda del pueblo se extinguieron o degeneraron en sus lugares de origen y quedaron como especímenes únicos en Pringles. La excepción a este exotismo fueron los elegantes tilos que en doble fila flanquean las veredas perimetrales.

Algunos estudiosos de este conjunto han dicho que en razón de su coherencia, de sus ecos formales a distancia, que crean una suerte de relato espacial continuo, y de la inventiva ficcional del estilo, Salamone se anticipó a los parques temáticos, el primero y más famoso de los cuales aparecería en California muchos años después. Puede imaginarse entonces el maravillado estupor con el que yo redescubría el prodigio aquella mañana de domingo. En las fuentes, delgadas carpas rojas giraban suspendidas en un agua invisible. Estuve largo rato contemplándolas, y cuando alcé la vista a la torre cuadrada del palacio sentí que era imposible soportar tanta belleza.

Empezaba a recordar… Yo había estado allí antes. Vaya si había estado… Antes venía con frecuencia, era mi paseo favorito. Pero hacía tanto tiempo… Cuando uno es chico, el cálculo del tiempo es diferente. ¿Qué podía significar un recuerdo lejano en un chico de diez años? En una vida tan pequeña no cabían las grandes extensiones de la nostalgia, así que no tenía más remedio que pensar que había sido otra vida. Pero en mi conciencia actuaba un vigoroso tabú contra los significados oscuros de «otra vida», así que la hacía «la misma» vida, mi única vida, que ganaba dimensiones extrañas, se estiraba hacia lo desconocido… Así fue como empecé a valorar las posibilidades del pasado: caja fuerte inviolable donde todos mis secretos estaban a salvo, y cavidad virtual en la que podía acumular tesoros sin fin, que estaban disponibles y sólo había que tomar. Sentí, en un clímax de poder, que hasta la Amnesia, el monstruo de formato más imprevisible, podía caber en esos continentes blandos. El hilo de Ariadna, el rastro de miguitas de pan, para no perderme en mi cámara de maravillas, era el Estilo; y la Plaza estaba toda hecha de Estilo.

A la Plaza, empezaba a reconocerla, y a reconstruir las circunstancias que me habían traído aquí en otra época.

Había sido muy chico entonces: tres años, cuatro… Era antes de empezar la escuela. Me traía mi padre en la bicicleta, sentado en el caño. Un simple cálculo de fechas indicaba que eso tuvo que ser en la época en que él era todavía electricista municipal, y la luz de Pringles estaba a su cargo. En ese caso, estaría demasiado ocupado para permitirse esos paseos con su hijo (un juguete nuevo todavía) otro día que no fuera el domingo; y más precisamente el domingo a la mañana, porque después debía encender las luces de las calles, para las que no había domingos ni feriados. De modo que había sido como estaba siendo en este momento, el mismo día a la misma hora. Esa repetición acentuaba la eternidad de la Plaza; me pareció muy significativo que yo volviera, por primera vez, justo cuando se inauguraba el Monumento a la Madre, la primera intrusión que se atrevía a romper la unidad artística del lugar, si bien en forma discreta, en un rincón, oculta por un hermoso pino azul...

¿Y por qué venía aquí mi padre los domingos a la mañana? De una cosa iba saliendo otra, eso es lo bueno de la memoria. Al responder a esa pregunta podía hacer una especificación temporal más: eran los domingos de primavera. El recuerdo me iba acercando en una progresión infinitesimal al presente... Venía a cortar florcitas de tilo, esos manojos estrellados amarillos con los que llenábamos una bolsa. Tomé por una de las veredas, con sus franjas de baldosas azules y blancas en zigzag, y creía verme, años atrás, en ese preciso lugar, correteando atrás de mi padre, tambaleándome sobre mis piernas regordetas de criatura, sosteniendo la bolsa, ansioso por ayudar, como siempre... Aunque no era alto, él llegaba a las ramas bajas sin necesidad de la escalera, que en estas excursiones no traía. Los tilos eran pequeños, casi árboles en miniatura; ahora yo podía tocar las hojas, estirando el brazo; entonces me parecerían altísimos.

Mi padre también me debía de parecer altísimo, un gigante. Pero un gigante bueno, al que perseguía en busca de protección. Ni siquiera sus nervios siempre de punta, sus estallidos de cólera, me resultaban amenazantes, quizás porque no me amenazaban a mí. Todavía estábamos en la «luna de miel» de padre e hijo, del padre y su primer hijo. Quizás él no había descartado el proyecto de tener más. El peronismo todavía era una materia en fusión, proteica: no había nada definitivo todavía. Y él, no puedo ocultármelo, estaba en una posición especial. Había tenido el valor de casarse por amor con una mujer que no era normal. Y no contento con eso, se había atrevido a tener descendencia, a «encargar». Del vientre de mi madre podía salir cualquier cosa, por ejemplo un monstruo. Ese lapso de espera debió de ser un tormento para él; quizás fue ahí que sus nervios se echaron a perder. Yo salí normal, pero jugarse por segunda vez, volver a probar con la lotería genética, con datos tan inquietantes, tuvo que renovar sus temores. Era una decisión difícil. Además, a aquella tierna edad, la que yo tenía cuando me traía a la Plaza, mi normalidad seguía a prueba. Las criaturas son de por sí una especie de pequeños monstruos; podía quedarme enano, podía necesitar anteojos... Es posible que ésa fuera la causa por la que me llevaba de paseo en la bicicleta y me tenía a su lado en todos sus momentos libres: para vigilarme. El plasma, como el peronismo, era imprevisible y proteico. Después, pasaron los años, crecí normal, y vino la Revolución Libertadora, clausurando para siempre la perspectiva de darme un hermano.

Todo aquello me parecía tan lejano, tan distinto... ¿Qué había pasado, para que cambiáramos tanto? Si todo seguía igual... De hecho, parecía demasiado igual. Sentí una nostalgia del tiempo, que los relatos espaciales de la Plaza hacían inalcanzable como un cielo. Ya no era el niñito que acompañaba a su papá a cortar flores de tilo, y sin embargo seguía siéndolo. Había algo que parecía estar al alcance de la mano, y un trabajo bien hecho podía hacer posible que lo alcanzara y desprendiera, como un fruto maduro... Me propuse recuperar aquel viejo yo.

FRAGMENTOS DE UN DIARIO
EN LOS ALPES

DOMINGO

Aunque no es la primera vez que me alojo en esta casa de un valle de los Alpes, sólo ahora empiezo a ver qué es lo que le da su carácter, o sea a entender por qué me gustó tanto estar aquí antes y por qué volví (y por qué en el intervalo reconocía el recuerdo de la casa con un solo signo, y ese signo me reconfortaba). No es ningún secreto sutil o misterioso. Más bien salta a la vista; en todo caso, es demasiado visible, como que se trata de una proliferación de imágenes. Aunque no es eso exactamente. Lo que empecé a entender hoy es el uso de las imágenes, y su relación con los dueños de casa. Lo primero que hay que decir es que se trata de imágenes-objetos, objetos significativos, cosas que funcionan como signos. Imágenes materiales. Muñecos, juguetes, miniaturas, enseres figurativos (una percha hombre, una lámpara planta), útiles vanos y decoraciones eficaces, todo en perspectivas de historia y capricho.

En mi cuarto, sin más trámite que alzar la vista desde el sillón donde estoy escribiendo, puedo hacer el siguiente inventario:

—la pared del fondo está empapelada con el *trompe l'oeil* de un *palazzo* a la italiana, una *loggia* vista desde adentro,

—al costado de la puerta hay un teatro de títeres, donde podrían meterse dos personas (no he mirado adentro); al escenario se asoma un ciclista a palanca,

—junto al teatrito, la percha-hombre, de alambre, en la que tengo colgadas mis chaquetas;

—en el paño de pared que queda entre la percha y el armario, un espléndido óleo del padre de Ana, un paisaje en el estilo de Corot;

—abajo del cuadro, una pequeña estantería piramidal con libros y objetos:

—el armario empotrado es enorme, las puertas de madera lisa; lo abrí apenas un centímetro, sólo para ver que está lleno a reventar de juguetes;

—sobre la pared de enfrente, empezando desde el *trompe l'oeil*, primero está la escalera, con paneles protectores de vidrio, que lleva al saloncito del entrepiso;

—abajo de la escalera, un cuadro ovalado con grueso marco de madera oscura;

—la mesa de luz con la lámpara-planta y un vaso con moscas talladas en el cristal;

—la cama con baldaquino, en metal blanco con enrejados de motivos vegetales;

—una cómoda blanca bastante alta; cada uno de los siete cajones está marcado con una letra, y tiene hojas y flores pintadas; las letras, de arriba hacia abajo, son LMMJVSD, y en el travesaño inferior hay pintada una fecha: 1989: del botón superior cuelga un sol metálico, con cara; sobre la tapa una lámpara de bronce y una escultura fálica que parece un Brancusi;

—encima de la cómoda, colgado en la pared, un pequeño cuadro de Ana, de los mejores suyos, muy en el estilo de su amado Magritte;

—por último, en el rincón, una mesa con tapa de vidrio, ahora cubierta con mis libros pero donde hay bastantes objetos curiosos; encima de la mesa, un nicho en la pared con un gran espejo; en los laterales del nicho, sendos cuadros redondos, fotografías enmarcadas; en la repisa del mismo nicho: un enorme reloj antiguo de bronce que representa a una mujer con un niño, y bajorrelieves todo alrededor del pie; una cómoda blanca en miniatura, que en realidad es una cajita de música; un jardín japonés en una bandeja, con su arena blanca y su rastrillo y rocas (es como un juego, ya que todos los días se le puede dar un dibujo distinto); y una lámpara azul, una lámpara que por grandísima excepción no representa nada, es sólo una lámpara pero toda azul, botones, cable y bombitas incluidos, como si la hubieran sumergido en pintura azul;

—en la pared del frente junto a la ventana cuelga una vitrina llena de miniaturas; tres estantes con otras tantas escenas familiares del siglo xix;

—sobre la ventana, un bajorrelieve dorado de angelotes.

Siento que no agoté el catálogo, ni mucho menos. Es un cuarto pequeño, alargado, pero no da la impresión de estar atestado: al contrario, se lo ve muy elegante, casi austero. La luz que entra por la ventana es delicada, muy cristalina. De noche, todas las lámparas se encienden por series con los interruptores que hay al lado de la puerta.

Toda la casa está poblada de los mismos objetos-imágenes, y lo demás son libros. Y de éstos una buena cantidad son libros de imágenes; los que no lo son, es porque están en el proceso de hacerse imágenes; el gusto de Michel se inclina definidamente por una literatura figurativa, o de génesis de imágenes.

Hoy por la mañana, por ser domingo, y hasta poco antes de la llegada de los invitados a almorzar, los dueños de casa circulaban en batas de seda con flores y dragones, Michel con su reloj Tintín en la muñeca... Por la ventana veo una parte del pueblito medieval, con las montañas verdes al fondo, y el río que corre al otro lado de la calle. El sillón en el que estoy sentado tiene un almohadón con una gran mariposa bordada, y apoyo los pies en un taburete tapizado en terciopelo carmesí, con flecos dorados.

Después de escrito lo anterior me levanto a estirar las piernas y doy una vuelta por el cuarto mirando lo que acabo de describir. Me doy cuenta de que me he quedado miserablemente corto en casi todo. Es bastante humillante confirmar hasta dónde falla la capacidad de observación de uno, sobre todo en este caso en que lo estaba mirando. Pero al variar el ángulo, y sobre todo al acercarme, aparecen nuevos detalles, objetos nuevos, y compruebo que cada cosa podría haberse registrado mejor con otras palabras.

El «cuadro oval» con marco oscuro, por ejemplo, que ahora miro con atención metiendo la cabeza bajo la escalera, veo que no es oval sino redondo, y lo que hay debajo del vidrio no es una pintura ni una foto, como habría creído, sino una muñeca pegada sobre fondo negro, una muñeca vestida de novia, y rodeada enteramente por una corona de tul blanco artísticamente enroscado y pegado también al fondo; por fuera de la corona, a ambos lados de la novia, hay sendas letras blancas, que son las iniciales de Ana; debe de ser una especie de *souvenir* de la boda.

Más tarde, la familia se moviliza para encontrar unos álbumes que quiero leer, y me entero de que la casa oculta buena parte de sus tesoros representativos en desvanes y sótanos, entre otros las cuantiosas colecciones de cómics que se han acumulado en décadas y para las que no hay lugar en las bibliotecas. Y las grandes casas de muñecas de Ana, *work in progress* de toda su vida, con instalación eléctrica y cañerías de agua, muebles, ropa, cuadros, libros, y hasta los juguetes de los niños...

Este trabajo salió a luz hoy, por la pregunta de uno de los invitados al almuerzo; Ana respondió que lo tenía abandonado, que este año no había hecho casi nada, por falta de tiempo. La hija de uno de los matrimonios presentes, una linda jovencita, está haciendo una tesis sobre un oscuro pintor manierista del setecientos italiano, para lo cual ha debido investigar muchísimo. El padre la apura a terminarla, porque teme que se vuelva uno de esos trabajos eternos, obsesivos, en que suele desembocar el gusto por la erudición. Ella manifiesta sus temores al error, su anhelo de perfección. Por supuesto, yo adhiero a la posición del padre, le recomiendo que termine su tesis cuanto antes, este año si es posible.

Antes de la cena me encerré un momento en el baño de la planta baja, y vi que hay un estante con una colección de revistas *Historia* de los años cincuenta, con preciosos grabados de los que usaban los surrealistas para hacer sus *collages*. Michel suele encontrar ahí datos curiosos, por ejemplo de falsificaciones o fraudes o impostores, que es una temática que suele recurrir en las revistas de Historia. Me cuenta que esa colección, que debe de ser muy valiosa, es el legado de un amigo que murió. Tenerla en el baño, por supuesto, es lo más práctico, casi lo obvio. Recuerdo una conversación que tuve hace años con un director de cine, argentino radicado en Francia: hizo un paréntesis, que resultó larguísimo, para decirme que había tenido una relación con una aristócrata, en cuyo *château* se había quedado a pernoctar, y en cierto momento de la madrugada («muchísimo más tarde», subrayó) había ido al baño, y ahí se puso a leer un artículo en una revista de Historia, que era excelente, y ahí hizo un paréntesis dentro del paréntesis para decirme, como visitante que era yo en el país, que los franceses tenían una tradición de excelencia historiográfica. Todo este aparte era para introducir los datos de los que se había enterado gracias a ese artículo: el origen babilónico de la figura de Moisés en la Biblia.

Ana me dice: «En el estante frente a tu cama te he dejado un librito...», y me lo describe. Cuando subo, voy a verlo. Es un maravilloso libro de Lothar Meggendorfer, con figuras que se transforman tirando de una lengüeta. Es un facsímil, pero tratándose de un libro mecánico como éste hay que ampliar la definición de «facsímil». Me propongo tomar notas de este libro.

Al sacarlo, y después al volver a ponerlo en su lugar, veo que los libros en ese estante están detenidos por una mano de bronce, réplica de una obra de Rodin, creo, con algo del Dedos de *Los locos Adams*.

Un último pensamiento, antes de dormirme, para el jardín, propiedad exclusiva de Ana, su laboratorio, teatro y taller. Hoy llovió todo el día, y sin embargo me da la impresión de haber pasado horas en el jardín, impresión seguramente errónea aunque no habría necesitado menos tiempo para examinar como lo hice, uno por uno, todos los bonsáis. Duchamp dijo que no quería tener más objetos que los que pudiera conservar al aire libre. Lo que siempre me he preguntado sobre esto es qué hacer con los libros. Quiero decir: con la especie de snobismo automático que es mi modo habitual de pensar, y mi culto indiscriminado a Duchamp, hago mía su declaración; pero yo no puedo vivir sin libros, de modo que se produce una contradicción insoluble. Pero quizás sólo es insoluble en apariencia, tomando los términos con demasiada literalidad. La lección de este domingo, de la casa y la lluvia, debería ser: hay otra clase de libros.

LUNES

A la mañana, solo en la casa. Los dueños se fueron a sus respectivos trabajos, Manuel a una complicada inscripción en la facultad (estudia Leyes, pero en lo que se tiene que inscribir es en Deportes, y eso implica un difícil cálculo de horarios y preferencias, que ha tenido en vilo a la familia durante semanas). Tomo el desayuno: un té de menta amarga, árabe, en una teterita de plata que han habilitado para mí, y unas masas caseras. Consulto a los osos, doy unas vueltas, mirando esto o lo otro, salgo al jardín, vuelvo a entrar, elijo algunos libros y me recuesto en un sillón a leerlos. Salvo el rumor del río, el silencio es completo.

A excepción de algunos cuadros de Ana, y de su padre, reputado pintor, no hay arte en la casa. No lo permitiría Michel, que tiene ese rasgo infantil de reírse del arte como de una farsa bien pensada para embaucar ingenuos y snobs; podría decirse que bajo ese aspecto casi lo disfruta: pero por supuesto no le tiene paciencia y nadie lo podría obligar a convivir con él.

Aunque Ana es un poco más tolerante, comparte con su marido la aversión al arte contemporáneo, para el que no ahorra sarcasmos. Al no poder ponerlo en una historia (cosa que en el arte contemporáneo es difícil, para especialistas —es decir gente proclive al autoengaño, al «traje nuevo del emperador») lo encuentran un fraude.

Sin embargo, mi idea de arte se realiza en esta casa de enemigos del arte más que en cualquier otro sitio en el que haya estado. Es una transformación, o una redefinición, parecida a la de los libros en los que pensaba anoche.

Tampoco podría decirse que haya algo de mal gusto, aun pasando revista una por una a las cajitas de música, estatuillas, lámparas, maquetas, autómatas, marionetas, jarrones, platos con escenas... El gusto queda neutralizado por la pasión de la representación.

Los osos. Mis anfitriones tienen un almanaque en el que encuentran la clave anticipada de la actualidad. Es uno de esos almanaques «taco», con una hoja para cada día, que se van arrancando, y cada hoja está ilustrada con uno o varios ositos de peluche, formando una escena con disfraces o elementos. Según ellos, no fallan nunca, son infalibles; compraron el almanaque casualmente a principios del año, sólo porque era simpático: con el paso de los días descubrieron sus poderes de significación, y ahora están totalmente entregados a la creencia, que según ellos tendré ocasión de compartir durante los días que pase aquí.

El día de los atentados en Nueva York, la semana pasada: un osito bombero yendo veloz al rescate, sobre un carro hidrante.

El sábado, día de mi llegada al valle; un oso con anteojos leyendo un libro.

Por supuesto, una buena parte queda a cargo de la interpretación. De la magia hay que descontar la extrema ambigüedad del oso antropomorfo. Además, se puede hacer trampa.

Sigue lloviendo, así que salgo al jardín... Ana se ha estado quejando de la lluvia, porque va a arruinar mi estada, me va a obligar a pasarla encerrado en la casa... Sin mentir, le digo que me gusta la lluvia, y que me gusta salir al jardín bajo la lluvia. El reverso de esta cortesía sincera es la fascinación que me produce la casa. Hay una lógica que se invierte: si llueve, salgo; si hace buen tiempo, me quedo adentro.

El jardín está lleno de chinos, sabios confucianos de cinco centímetros en las macetas de los bonsáis, casi todos estudiando. Uno de ellos, mi favorito, se ha dormido sobre su libro.

Una ardilla viene a golpear el vidrio de la puerta de la cocina, y se marcha sin esperar respuesta.

Un mirlo, picando cosas invisibles en la hierba.

Unas largas varas blancas, apoyadas contra la puerta de la cocina: «Son para espantar a los gatos».

Cruzando la calle, justo frente a casa, hay un parking colgado sobre la barranca del río, pequeño, con espacio para unos diez autos o menos. El año pasado no se usaba para estacionar porque se lo habían cedido a un escultor, como taller al aire libre. Era parte de un programa de comunas, no sé si de la zona o de toda Francia, por el que las ciudades encargaban estatuas para ornar sitios públicos. A este pueblo le había tocado un escultor checo, un tal Jiri no sé cuánto, que durante mi visita estaba en pleno trabajo con tres enormes bloques de mármol. Trabajaba todo el día, de la mañana a la noche, con una máscara que lo hacía parecer un gran insecto y pulidoras o taladros que producían un zumbido persistente. El polvillo de mármol había cubierto cada una de las hojas del jardín de Ana, y tenían todas las ventanas herméticamente cerradas. De más está decir que le habían mandado cartas de protesta al alcalde, y no dejaban pasar oportunidad de manifestar su oposición, inclusive colgando carteles en la verja. Jiri debía de saber que lo odiaban, pero seguía su trabajo con la asidua obstinación de un insecto con su zumbido. Lo que hacía era previsiblemente horrible, una especie de rueda sobre dos triángulos, o dos ruedas sobre un triángulo, no recuerdo. Más que las molestias, Ana lamentaba la posición en que los había puesto, de tener que odiar a un artista que además de ser pobre y verse en la necesidad de aceptar un encargo modesto en un sitio perdido entre las montañas, había tenido que huir del totalitarismo, estaba solo en un país extranjero, y encima debía vérselas, catástrofe íntima y definitiva, con su falta de talento.

Fue en esa oportunidad que se me ocurrió la idea de escribir una novela sobre un artista obligado a exiliarse, a viajar contra su voluntad, solo y desamparado, como tantos... Pero la idea de mi novela era que este desterrado en particular, por ser escultor debía viajar con la carga abrumadora de sus estatuas sobre los hombros. Esto habría pretendido ser una especie de metáfora de la carga de los recuerdos dolorosos que lleva consigo todo desterrado. Por supuesto, no la escribí.

En este proyecto frustrado, ahora que lo pienso, podría estar la explicación de mi falta de éxito. Todos mis colegas novelistas que venden y ganan premios escriben novelas como la primera parte de este argumento que esbocé, sólo la primera parte: un exilado, con sus angustias, sus cambios de suerte, sus afectos, los problemas de adaptación, el contexto histórico. En cambio para mí eso no es un argumento, no me sirve; no puedo empezar hasta no tener una «idea», en este caso la idea bastante absurda y engorrosa, que echa a perder todo el realismo, de hacer que mi protagonista parta al exilio cargando sus enormes estatuas de mármol o bronce... ¿Por qué no hacerlo como los demás, si eso es lo que quieren los lectores? Es como una maldición. ¿Por qué tengo que someterme a este retorcimiento de la «idea», del truco ingenioso, si sé que un escritor realmente bueno no lo necesita?

En fin. Como digo, no la escribí. Lo bueno, o lo malo, que tiene no escribir las novelas que se me ocurren, es que el tiempo siempre se encarga de traerme la «idea» opuesta, que me demuestra que hice bien en no escribirla. El descubrimiento de los objetos representativos, que estoy haciendo un año después, me deja ver que Jiri no necesitaba cargar con las esculturas en sí, pues a efectos del sentido podía llevar, en el bolsillo, sus reproducciones. Como el Museo Portátil de mi venerado Duchamp.

El arte como nanotecnología. Duchamp se adelantó, mostró el camino («esculturas de viaje»), como en tantas cosas, pero la lección está por entenderse todavía. Yo lo enfocaría por el lado de lo que los psicólogos norteamericanos llaman el «control». Ponerse al mando de los elementos, dejar de obedecerlos. Con miniaturas es más fácil; el tahúr empieza miniaturizando los objetos que hace desaparecer entre los dedos, o en la manga. Se los disminuye para manejarlos mejor. Con el tamaño real es difícil hacerlo.

La escultura es el caso extremo de la dificultad del artista para salirse con la suya. La resistencia de la materia se da en todas las actividades, no sólo las artísticas; en la escultura se da de modo más visible, nada más. El escultor quiere hacer una cosa, la estatua de sus sueños, y por supuesto le sale otra. Los sueños nunca se hacen realidad. Y si eso le pasa una y otra vez, igual lo sigue haciendo, toda su vida si es necesario, de modo de seguir siendo escultor y poder mantener su sueño.

La escultura abstracta como la de Jiri es particularmente ejemplar en este sentido. Jiri quería hacer hermosas mujeres de mármol, ciervos, orquídeas, ángeles, y le salieron cubos, esferas, pirámides… la situación se presta a la sorna, pero en el fondo es lo que nos pasa a todos.

Ahora, Ana me dice que la escultura de Jiri está terminada, y que quedó «muy bonita». Me sorprende sobremanera, viniendo de ella, ese juicio, que quizás se debe a que el artefacto quedó lejos y no hay necesidad de verlo. Lo instalaron a la entrada del pueblo, al costado de una de las rutas, y aunque Ana insiste un par de veces en que deberíamos ir a verlo, no hacemos nada al respecto.

Me siento a leer en el sillón de la mariposa, al lado de la ventana. Siempre la tengo abierta, para escándalo y preocupación de los dueños de casa. Me amenazan con neumonías, con insomnios por el ruido (no sé cuál, porque en el valle reina un silencio perfecto), y hasta con ladrones, que podrían colarse a robar mis lapiceras. Michel: «Libramos una batalla sin tregua durante todo el año para mantener una temperatura constante de veintidós grados, pero no lo conseguimos. Sólo llegamos a veintiuno».

Un golpe de brisa entreabre una hoja de la ventana hacia adentro, el borde me pasa a un centímetro de la nariz y veo fluir frente a mí, reflejado en el vidrio, un paisaje de bosque y montaña y casitas color crema y rojo en las laderas, y el perfil de unos pinos altísimos contra el cielo gris (sigue lloviendo) y en lo alto de la Grande Chartreuse el monasterio, miniaturizado. Y al otro lado de este cuadro, es decir del vidrio, la cortina de hilo blanco calada con el dibujo de dos flores simétricas cuyos largos tallos se unen abajo, haciendo un salto de la representación a su materia, en un moño real.

¿Qué leo? Algunas novelas cortas de Balzac que nunca había podido encontrar. Hoy: *Honorine*. Los dueños de casa tienen la colección de la Pléiade en una pequeña biblioteca oculta tras un sillón en el dormitorio principal. Cuando vieron que yo sacaba uno, bromearon con el carácter precioso de esos volúmenes: «¡Ojo! ¡Los tenemos contados!». Balzac es mi novelista favorito, y Michel dice que es el suyo también. Me dejo llevar en una ensoñación sobre las descripciones de interiores de Balzac, tan distintas de las que estoy intentando yo con este interior...

En un libro que leí hace poco una investigadora desarrolla la tesis de que Balzac, el gran realista, nunca escribió sobre la realidad tal como la percibía directamente sino mediada por el arte, serio o popular, por los discursos literario, periodístico, jurídico, político, etcétera. Cuando describe un paisaje, está pensando en los cuadros de algún pintor, y si son vistas de París, las ve a través de estampas o dibujos de algún ilustrador favorito: si éste es Grandville, le sirve para caracterizar a sus personajes, si es Piranesi le inspira sus arquitecturas. Sus heroínas le deben más a los figurines de moda, o a estatuillas de porcelana, o a las ninfas pintadas en un plato, que a las mujeres reales que trataba. Y hasta los argumentos, sobre todo los argumentos, los tomaba de diarios o libros, más que de la experiencia. Esta mediación no lo hace menos realista, al contrario. Habría que ver si hay otra forma de realismo posible. Quizás la grandeza de Balzac, lo que lo hace el padre del realismo, está justamente en haber practicado esta mediación por los signos.

A medida que una civilización progresa, sus objetos se hacen cada vez más imágenes de otros objetos. Esta casa en la que estoy, que me parece un mundo encantado de la representación, también puede ser una cámara de adaptación para salir a un Nuevo Mundo donde los objetos-imágenes proliferan; la casa serviría como cámara de adaptación, para sensibilizarse y empezar a ver signos por donde uno vaya.

Esto me trae un recuerdo. Cuando me fui a vivir a Buenos Aires, hace más de treinta años, me perdía con frecuencia, y como no conocía las calles ni los recorridos de los colectivos, tenía que tomar taxis. En aquel entonces había muchos menos taxis en Buenos Aires, y se los usaba más, de modo que no era fácil encontrar uno libre, y muchas veces yo pasaba horas esperando uno. La alegría que me producía ver la lucecita roja en el parabrisas que señalaba un taxi libre se me hizo automática, y cuando la veía, aunque no quisiera tomar un taxi, tenía un pequeñísimo y secreto movimiento de felicidad en el cerebro. Una vez se lo conté a un amigo, y me dijo: «Qué fácil lo hacés, qué barata tenés la felicidad». Pero era cierto, y sigue siéndolo hasta hoy, aunque han cesado los motivos, debe de ser uno de esos cambios orgánicos irreversibles que se producen en uno, como andar en bicicleta, que una vez que se aprende no se olvida nunca (porque se efectúa un clic en el oído interno, donde está el centro del equilibrio, y eso no vuelve atrás). De hecho, he notado que con otras cosas me pasó lo mismo, por ejemplo con el hombrecito blanco de los semáforos que me permite cruzar la calle; como soy un gran caminador, en ciudades de tres continentes, esa señal se me volvió otro disparador de alegría. Y quién sabe cuántos más tengo perdidos en el fárrago de la percepción, que me pasan inadvertidos porque su efecto es tan mínimo y subliminal. Perdidos para la conciencia pero no para mi vida, a la que estas minúsculas gratificaciones subliminales deben de estar ayudando. Si no, no me explico cómo puedo seguir adelante a pesar de todo. Quizás la creación siempre más abundante de signos en una sociedad tiene este fin oculto.

Desde que llegué, cada vez que me duermo, de noche y a la siesta, tengo pesadillas. Si no se trata de Barthes y una carrera desesperada por llegar primero a él, en las galerías de un palacio, es la pérdida o robo del pasaporte, un clásico onírico de todos mis viajes.

Gratuitas. No estoy pasando por una situación problemática o angustiosa, al contrario, pocas veces en mi vida he estado tan relajado y contento.

Vuelvo a sacar el librito con imágenes cambiantes, para examinarlo. Se llama *Para los niños que se portan bien* y tiene cinco escenas, es decir cinco páginas, de cartón, las escenas impresas sobre tiras horizontales; tirando de una lengüeta al pie de cada página, otras tiras horizontales cubren las primeras, como en una persiana americana, haciendo aparecer otra escena que es el desenlace o reverso de la anterior. Funciona a la perfección, lo compruebo tirando de las lengüetas una y otra vez, hasta que me duelen los dedos. Es medio libro, medio máquina. Las cinco escenas son las siguientes:

1. Un jinete elegante se pasea por un parque, un perrito se le cruza al caballo / el jinete por el suelo, el caballo huye a lo lejos.

2. El maestro escribe en el pizarrón dando la espalda a la clase, los chicos hacen toda clase de morisquetas y juegos / el maestro se da vuelta, todos escriben inclinados sobre sus cuadernos.

3. Una familia elegante pasea por el parque / la tormenta los hace huir, mojados y ridículos.

4. Un lago en verano, cisnes y botes / en invierno, el lago helado, patinadores.

5. Un señor lee un libro frente a la jaula de los monos, demasiado cerca / los monos le quitan el abrigo, el sombrero, los anteojos, el paraguas, la bufanda, el sobretodo y la peluca.

Del texto de la contratapa, firmado por una tal Hildegard Krahé, tomo los siguientes datos: el autor se llamaba Lothar Meggendorfer, dibujante humorista que empezó a publicar su trabajo en 1866 y siguió haciéndolo con creciente popularidad durante cincuenta años. Su gusto lo llevaba a los contrastes y sorpresas latentes en los cuadros más estructurados de la sociedad, lo que no es sorprendente en un humorista; empezó experimentando con dibujos seriados, y después hizo una gran variedad de imágenes animadas: desplegables, móviles con lengüetas que ponían en acción uno o más personajes de una escena, y al fin las transformaciones completas, que no fueron invento suyo porque habían aparecido en Inglaterra en 1860 con el nombre de *dissolving views*. En éstas fue el indiscutido maestro, y de los cuatro libros que publicó con el sistema, *Para los niños que se portan bien*, de 1896, es el más perfecto.

El comentario termina con una pertinente mención al cine, del que Meggendorfer fue una especie de precursor. Es muy común que hoy cuando descubrimos a un artista o escritor del pasado que nos fascina, le encontremos cualidades de precursor de alguna tecnología actual, y ahí ponemos buena parte de la fascinación que nos provoca. La alta tecnología, signo de nuestra época, nos hace vivir, paradójicamente, en una época de precursores.

MARTES

¿Cómo empezar a hacer la historia de la casa? No puede ser una historia lineal, sobre todo no puede ser lineal, pero remontándome al origen pienso en Michel de niño, lector de Tintín... Me contó que le hacía comprar a la madre una revista, creo que *Elle*, donde aparecían las aventuras de Tintín, una página en blanco y negro, y él las iluminaba con sus lápices de colores. También me dijo que la *bande dessinée* en él es una pasión de adulto, algo en la línea de la recuperación de la infancia. No le interesa el cómic «serio» ni la lectura seria de los cómics. Los juzga como lo haría un niño muy inteligente.

Su historia personal coincidió en el tiempo con la historia de la industria cultural, y con la historia de la prosperidad europea de estos últimos treinta o cuarenta años. Tintín, su favorito, se volvió asunto de adultos, a medida que crecían sus lectores originales, a fuerza de *merchandising* caro y sofisticado; con eso solo bastaría para llenar una casa, sin hablar de las reediciones, los facsímiles, estudios, biografías, análisis... Michel se lo ha comprado todo, y hasta ha colaborado a que haya más, porque en cierto momento fue por sugerencia suya que empezaron a reeditarse en facsímil los primeros álbumes coloreados. Tiene todos los juguetes de Tintín, pero ahí no habría que ver tanto la avidez del coleccionista (no lo es) como el potencial generador de objetos latentes en las aventuras de Tintín. Potencial que no es más que el modelo del que tiene toda obra literaria o artística, y ahí está quizás la raíz del amor de Michel por Tintín.

Al mismo tiempo, sucedía la historia intelectual y profesional de Michel, que se hacía profesor de literatura, latinista, hispanista, para terminar especializándose en la Argentina, el país de la representación. Las modas intelectuales mientras tanto también coincidían en darle patente de adulto a la infancia, vía la recuperación semiológica de la *bande dessinée* y la cultura popular en general. Más refinado, más idiosincrático, Michel no siguió ese camino. Sin renunciar a su gusto por la intervención de la imagen, buscó sus mecanismos en la alta cultura. Su libro famoso sobre Borges es un manual de las *dissolving views* en la literatura.

Hoy Ana se marchó temprano; Manuel duerme. Michel y yo desayunamos solos. Le pido permiso para arrancar la hoja del almanaque y descubrir el augurio de la jornada: hay tres ositos blancos en fila, marcando el paso. ¿Qué significará? Michel está sacando cosas de una alacena y llevándolas a la mesa; madrugó para preparar una reunión trascendente que tiene esta tarde (es vicepresidente de la universidad). Cuando le describo la escena ursina, suelta una exclamación: «¡Justo lo que me espera hoy!». Se paraliza, se pierde en sus reflexiones, murmurando entre dientes «Qué miserables… alineados… tres votos en contra…». Me pregunta si no hay ninguna osa. No, los tres son machos; uno es mucho más bajo que los otros. Una sonrisa amarga del vicepresidente: «Enano resentido... tenía que ser él». Miro con más atención y le digo: «El que va al frente tiene una flor azul en la mano». Michel se agarra la cabeza: «¡Lo que me temía!». Pero reacciona: «¿Es azul? ¿No será violeta?». Vuelvo a mirar: «Sí, perdón, es violeta. Dije azul pensando en Novalis, pero es definitivamente violeta». Asiente, con gesto fatalista de confirmación, y se deja caer en la silla, abatido. Le pido una explicación pero me dice que le llevaría demasiado tiempo y me aburriría. Él se entiende: «Toda la política del Departamento de Investigaciones está resumido ahí». Se queda mucho más preocupado que antes.

Mientras esperaba para irnos di unas vueltas por la planta baja, mirando esto y lo otro. Me asomé al hueco de la escalera, donde está el teléfono, para mirar de cerca los cuadritos que hay ahí adentro: son reproducciones al óleo, que ha pintado Ana con técnica de miniatura, de instantáneas de cuando Manuel era chico, de esas instantáneas familiares que toman los padres, transfiguradas por la pintura. Supongo que deben de tener una historia, y me propongo preguntársela a Ana, que desborda de historias; pero por algún motivo no lo hago.

En medio del pueblo hay un castillo, dieciochesco, siempre cerrado, aunque los dueños siguen viviendo en él. Desde la calle se ve una fachada simétrica, que al parecer es lateral. El frente, que debe de dar en dirección opuesta al río, queda oculto, lo mismo que sus jardines formales, que dicen que son muy hermosos. Sobre la ladera de la montaña que limita la aldea se extiende el parque, y se extiende mucho más allá, sobre la ruta que viene de Grenoble, porque es enorme. Por una callecita lateral en pendiente se ve un patio trasero. Espiamos, con Michel: un cobertizo, una moto vieja cubierta de herrumbre: «La moto del Duque», digo. A la salida del pueblo hay un pequeño sector del parque que se puede visitar: ahí está la Mediateca, que se llama Mediateca Stravinsky porque funciona en una casa donde vivió Stravinsky en los años treinta, una preciosa casa burguesa, también siglo XVIII, que originalmente debió de ser de los guardaparques. Frente a esta casa, en el sector del parque abierto al público, hay una bella estatua de un perro, sin explicaciones.

Como tantas cosas aquí, el castillo es también una referencia literaria: lo frecuentaba Choderlos de Laclos, que era militar afectado a una guarnición en la región; el señor o señora del castillo le sirvió de modelo para uno de los personajes de su novela. Hay otros dos castillos cerca, donde vivieron los demás personajes; uno de ellos era de la que fue el modelo de Madame de Merteuil. Yo admiro tanto *Les Liaisons Dangereuses* como Ana, que se propone hacerme ver los otros dos castillos, y efectivamente en un regreso a casa desde alguna parte lo hace tomar a Michel por cierta autopista, y me prepara para la visión, a la derecha, sobre la ladera de una montaña. Pasamos como una flecha y alcanzo a vislumbrar entre la vegetación algo color crema. Ana:

—¡Ahí es! ¿Lo viste? Me pareció ver a Madame de Merteuil en el jardín…

Michel:

—¿Pero ella no vivía en el otro?

Ana, que se las arregla para quedarse siempre con la última palabra:

—El espíritu de la Merteuil anda sobrevolando toda esta zona.

No es un ángel guardián muy recomendable.

—Madame de Merteuil termina mal —recuerdo—, desfigurada por la viruela, encerrada…

—¡Pero sobrevive! ¡Y sigue haciendo de las suyas! Escribieron una novela sobre lo que pasó después.

Yo tengo un enérgico prejuicio en contra de esas continuaciones de novelas célebres. Ana debe de leerlo en mi cara porque exclama:

—¡Ésta es buenísima!

A continuación nos internamos por unos angostos caminos para ver el tercer castillo. Está en medio de un tupido bosque; damos la vuelta completa sin ver absolutamente nada. Y sin embargo me quedo con la impresión de haber visto algo. El triángulo de las Relaciones Peligrosas. Estos lugares inaccesibles sólo son accesibles para los personajes de novelas.

Entre los libros que estuve hojeando anoche, de la biblioteca del saloncito encima del dormitorio:

—varios sobre Magritte, favorito de Ana;

—uno con fotos de Doisneau;

—una colección de revistas FMR; los abanicos de Kokoshka, y su muñeca; Arcimboldo y su descendencia; las maquetas de Vauban;

—una monografía de Bazille, con unos cuadros extrañísimos; Bazille es el único artista con el que Michel hace una excepción a su indiferencia desdeñosa a la pintura, quizás porque es paisano suyo, de Montpellier. El gran paisaje que tengo frente a la cama, obra del padre de Ana, representa un rincón del bosque en las cercanías de Montpellier, que también pintó Bazille, desde el mismo punto;

—un libro-objeto, inglés, «Casa de Muñecas Eduardiana»: se desatan las cintas, se hacen girar las tapas sobre el eje del lomo hasta que se tocan, y queda formada una casa de muñecas de tres pisos, con todos sus cuartos y su mobiliario, que se despliega con maravillosa precisión: sillas, mesas, camas, chimenea, bañadera, cocina, etcétera.

En ese saloncito, junto al sofá en el que me recuesto de noche a leer hay una mesita ratona donde apoyo los libros, haciendo lugar entre diversos objetos extraños, uno de los cuales es un cenicero de cerámica vidriada que representa una escalinata que se vuelve sobre sí misma con ingeniosa irracionalidad; en él quemo, encantado, unas tiras de Papel de Armenia (auténtico, según la etiqueta) que se arrancan de un librito apaisado; producen un olor delicioso; hay que plegar la tira «en acordeón», las tiras vienen troqueladas, son de un hermoso color marrón; las enciendo con unas cerillas que encontré ahí mismo junto al librito, en una caja ilustrada con la reproducción de una publicidad antigua de aceite para autos, una escena cómica: tan bueno es ese aceite que el auto al que se lo han puesto remonta vuelo.

Vigilándome, un Tío Sam de treinta centímetros sobre un pedestal.

Anoche, al volver hacia el sofá desde la biblioteca, vi por primera vez (me asombra que se haya mantenido invisible hasta ese momento) que al otro lado de la mesa ratona hay una sillita en miniatura, antigua y perfecta. Por su adecuación a la altura de la mesa, producía una impresión de «realidad segunda» muy marcada. Me asombró no haberla visto antes, pero soy muy distraído. Por un momento pensé en sentar en ella a un oso de peluche que está en un rincón, sobre un baúl. Pero era la medianoche, y pensé que seria inquietante tenerlo ahí enfrente, mirándome.

Entre los muebles del saloncito, hay un escritorio de los de tapa rebatible; sin ninguna intención de ser indiscreto, la abro, con la vaga idea de sentarme a escribir, cosa que nunca he hecho en uno de estos escritorios. Abajo de la tapa encuentro el *bric-à-brac* habitual de la casa: muñecos, miniaturas, tinteros antiguos con formas extravagantes, cuadernos, lápices, una tortuga a cuerda… y un mazo de fotos, que hojeo distraído, hasta que encuentro, para mi infinito asombro, una foto de mi hija menor, con una radiante sonrisa, posando en el balcón de mi casa allá en Buenos Aires. Es inevitable que estas acumulaciones promuevan una especie de magia.

MIÉRCOLES

Ana cuenta esta historia, de la infancia de su padre en Almería:

Un vecinito y amigo de juegos era hijo de un hombre riquísimo y prominente. Un día hacían cometas, barriletes, que en Andalucía se llaman «lunas». Este niño, a la busca de papeles livianos y vistosos para hacer su «luna», recordó algo que había visto en el escritorio de su padre, y corrió a buscarlo. Eran billetes, de la máxima denominación, grandes y de un hermoso color. Tomó todos los que encontró, los pegó, hizo una gran cometa, y salió a la plaza a remontarla. Cuando el padre la vio por la ventana, salió gritando al balcón. La plaza tenía unos grandes árboles: el chico, asustado por los gritos del padre, hizo alguna mala maniobra y el hilo se cortó en una rama; la cometa se fue volando en el viento, y el señor gritaba a todo pulmón: «¡Que me traigan la luna! ¡Que me traigan la luna!». Los que pasaban y lo oían, sin entender de qué se trataba, quedaron muy extrañados, y al poco rato se había difundido por toda la ciudad el rumor de que «Don Fernando se volvió loco: está pidiendo a gritos desde el balcón que le bajen la Luna».

Por las mañanas voy a escribir al Café de l'Univers, pequeñito y moderno. El nombre, tan ambicioso, no es raro en Francia; por todas partes hay cafés y bares «del Universo». Ana insiste en saber en qué mesa me siento, a raíz de lo cual caigo en la cuenta de que siempre me siento en el mismo lugar, si no está ocupado, en éste y en todos los establecimientos equivalentes que frecuento en Buenos Aires o en cualquier parte. Es el Feng Shui de los cafés. No tuvimos que esperar a los chinos para inventarlo.

El año pasado iba al Bar de la Roize, que tiene más atmósfera, y ahora también fui, un par de veces, pero hubo un incidente raro y de pronto le tomé idea. El otro día entré a una cabina telefónica, una de las dos que hay en el pueblo, para llamar a Liliana a Buenos Aires. Hablo todos los días con tarjeta, para no hacerles gasto a mis amigos. Sería la media tarde y estaba lloviznando. La plazoleta donde está la cabina estaba desierta. Cuando me despedía, vino alguien corriendo y quiso abrir la puerta de vidrio de la cabina. Un hombre joven, de unos treinta años, delgado, más bien bajo, corrientísimo. Pensé que no me había visto, o que estaba muy apurado por hablar. De todos modos, yo ya terminaba. Colgué y salí, sosteniéndole la puerta para que entrara, pero no tenía intención de hacerlo. Por el contrario, se me puso delante, y me interpeló, agresivo: ¿lo estaba llamando a él? ¿Llamaba y cortaba, una y otra vez, para molestarlo? ¿Por qué lo hacía? Tardé un momento en entender. Agitaba frente a mí un pequeño teléfono celular, me mostraba la pantalla. Estaba agitado por la carrera y por la indignación. Al parecer alguien lo llamaba, y cortaba cuando él atendía. Pero su aparato tenía un identificador de llamadas, y el número del teléfono donde se originaban esas llamadas era el de esa cabina, lo sabía porque él la usaba; no debía de estar muy seguro porque entró a verificarlo, vigilándome de reojo para que yo no me escapara. Le dije que era extranjero, que había hablado con mi esposa en Sudamérica, que hacía un par de días que estaba en el pueblo y no conocía a nadie, y que jamás se me ocurría hacer llamadas malintencionadas a él ni a nadie. No pareció convencido, ni siquiera por mi acento, me repitió todo lo que me había dicho antes, yo me encogí de hombros, me preguntó si antes de mí no había habido nadie hablando, le respondí que no con absoluta convicción porque estaba seguro de que todo había estado vacío. Me preguntó cuánto tiempo había estado hablando. «Diez minutos», le dije, un poco al azar. Fue un error. Debí haber dicho cinco, lo que habría estado más cerca de la verdad y me habría puesto en terreno más seguro. Él estaba menos convencido que nunca, pero no encontró más argumentos y debió de resultarle absurdo seguir acusando sin pruebas, de una malicia inexplicable, a un completo desconocido, así que me dejó ir; o mejor dicho me fui sin que él decidiera nada. No volví la cabeza pero estoy seguro de que me siguió.

Al día siguiente fui al Bar de la Roize, y de pronto, al levantar la mirada del cuaderno, lo vi observándome desde la plaza de enfrente, donde paran los ómnibus que van a Grenoble. Al rato entró, se sentó a una mesa al otro lado del local y estuvo vigilándome por un espejo hasta que me fui. Ahí enfrente está la otra cabina del pueblo, y yo tenía intención de llamar a Liliana, pero no me atreví. ¿Y si justo cuando yo estaba en la cabina sonaba su teléfono, y le cortaban? Estaba inclusive la posibilidad de que el número de mi casa, o los muchísimos números de código que tengo que marcar antes, estén relacionados de algún modo con su teléfono y lo haga sonar. Puede pasar cualquier cosa, con estos aparatos que no entendemos. Estos últimos años, los franceses se han vuelto fanáticos de los teléfonos celulares.

Ana me muestra sus dos plantas carnívoras, por las que siente mucho cariño. Me explica cómo atrapan insectos, y cómo sabe ella a la mañana si se han alimentado o no. Tienen una digestión lentísima. Voy a buscar la cámara: quiero llevar fotos para mis hijos, porque de otro modo no van a creerme: las plantas carnívoras pertenecen más al reino de la ficción que al de la realidad, y aunque todos sabemos que existen, todos nos resistimos a creer que existen en un lugar y momento determinados.

Ana me mira hacer, protestando en voz baja. Le tiene fobia a las fotos, y no me ha dejado sacarle ninguna (pero ella es una excelente fotógrafa y me ha sacado a mí cientos de fotos). Con las plantas carnívoras, no se atrevió a prohibírmelo, pero cuando hube terminado me hizo toda clase de prevenciones: debo decirle a mis hijos que ella tiene esas plantas por casualidad, porque se las regaló el dueño del vivero del que es clienta, y las aceptó porque este hombre le dijo que como nadie se las compraba, las iba a destruir si ella no se las llevaba… No quiere que piensen que es una bruja, etcétera.

Para mi sorpresa, la frágil trepadora que hay junto a la puerta, a la que Ana se ha referido siempre como «Sonrisa de Zanzíbar», es una tumbergia. Yo casi estaba convencido de que la tumbergia no existía. Este ejemplar tiene una flor, una sola, muy hermosa: pequeña, con cuatro pétalos de un amarillo fosforescente y un ojo negro en el centro. Le saco una foto a ella también.

Estoy seguro de que van a salir todas mal. Tengo mala suerte con las fotos, o bien debería decir que la mala suerte fue nacer sin talento para ese arte tan raro. Me consuelo pensando que son sólo ayudamemorias, fotos-documento. Con los bonsái, ni siquiera lo intento. Supongo que tratándose de algo en que las dimensiones importan, es necesario alguna clase de puesta en escena, que está más allá de mis posibilidades. Es como si las miniaturas rigieran un relato; esto es algo que estoy aprendiendo de la casa y su población: cuando se ha llegado al fondo de la descripción de un objeto, cuando se sale del mundo de las dimensiones normales en las que nos movemos (es decir: cuando no queda nada por decir) nace un relato. Lo que nace, es fatalmente un relato. Quizás ahí está el origen de todo relato.

Explicación de Ana sobre los bonsáis: tienen que tener una rama muerta, que salga de la mitad inferior del tronco y se prolongue un poco demasiado en una dirección errática, dando una sensación de bella asimetría. Son reglas antiquísimas, caprichosas, que los aficionados serios como ella obedecen sin preguntar el porqué. Otra: el arbolito en la maceta debe ser uno solo, o bien, si forman un conjunto o bosquecillo, deben ser en número impar. Sin embargo, ella tiene una maceta con dos hermosos pinos azules de treinta centímetros. Me dice que es el único caso permitido, cuando en realidad no son dos, sino que el segundo nace del primero; es un caso llamado de «padre e hijo»; efectivamente, veo que el segundo y más delgado no sale de la tierra sino del tronco del primero, al nivel de la tierra, disimulado. Pienso que todo esto debe de tener su lógica en algún lado, y el «padre e hijo» debe de ser la variante viva de la «rama muerta». Por la forma triangular que han tomado los dos pinitos, me trae el recuerdo del árbol que había frente a mi casa en Pringles, el más grande que haya visto nunca; como lo tiraron cuando yo tenía diez o doce años, nunca pude rectificar esa impresión de árbol montaña, gigantesco, casi inconcebible de tan grande. Pero tenía fama de ser el árbol más grande de Pringles. Se decía que los aviadores del Aero Club lo usaban como punto de referencia para «dar la vuelta» (?). Cuando entré por primera vez al parque donde estaba, vi que en realidad eran dos árboles, con los troncos a medio metro uno de otro y las copas fundidas en una. Debían de ser «padre e hijo», si es que ese formato se da también en tamaño natural.

En estas notas debo de haber empleado la palabra «colección», porque todo en la casa la sugiere. Sin embargo, no hay espíritu de coleccionismo. Mis anfitriones no parecen haberse dedicado nunca a coleccionar nada. Los coleccionistas tienen una punta de manía, que les viene más que nada, me parece, de lo que excluyen, de lo que queda fuera de su campo y no les interesa. ¿Podría haber una colección de objetos representativos? La representación es demasiado universal, desborda por todos lados. Me identifico, porque es en buena medida lo que me pasa a mí. Lo tengo todo del coleccionista: la pasión por lo material, el gusto por las series y las diferencias, la insistencia; pero el único rubro que me entusiasma lo suficiente para ejercer esas virtudes es la literatura, ¿y alguien oyó hablar alguna vez de un coleccionista de «libros»? «Libros» en general, porque la literatura se actualiza en todos, no en algunos.

La casa tiene dos pisos (sin contar las *mezzaninas* y desvanes y sótanos), pero está construida sobre la ladera de la montaña, en el borde del pueblo; de hecho, es la última casa, y cruzando la calle lateral está el cementerio, que es muy escarpado, casi vertical: subiendo a la última cornisa de tumbas se tiene una vista de todo el valle a vuelo de pájaro. Esa calle lateral, muy empinada, hace un arco que desconcierta respecto del interior de la casa, tanto por la curvatura como por las alturas relativas.

Pues bien, en el piso alto hay una puerta, clausurada. Hoy la vi por primera vez, aunque paso frente a ella diez veces por día porque está en el pasillo que lleva a mi dormitorio, y es bien visible, con puertas de roble lustrado y hasta dos escalones de mármol blanco. Seguramente me pasó desapercibida por lo incongruente que es una puerta al exterior en un piso alto. Me quedé boquiabierto mirándola, y señalándola con un dedo. Me explicaron que da a la calle lateral, y en un sitio que yo había visto desde afuera, me había detenido a observarlo especialmente porque es un sitio histórico, con una placa y todo; el mismo arco de esa puerta, de piedra, era el de la puerta de la ciudad, cuando existían las murallas (en el siglo XI). Empiezo a hacerme una idea, y realmente debería habérmela hecho antes porque el estudio de Michel, que está en la otra punta de ese pasillo respecto de mi dormitorio, tiene una ventana que da a la misma calle, y está a su altura. O sea que la casa está compuesta de dos plantas bajas, una encima de la otra.

Al lado de esa puerta misteriosa, en el pasillo, hay un reclinatorio antiguo, de madera oscura y cojín carmesí. Me dice Michel que era de su abuela materna, que lo usaba mucho porque era una dama muy católica, de misa diaria. Tiene una cantidad de tallas intrincadas, que examino con curiosidad porque creo ver una asimetría, pero no sé dónde está. El calado de la madera forma hojas y frutos alrededor de una cruz central, y al fin veo que a la cruz le falta la mitad de uno de los brazos laterales. Michel dice que, en efecto, tiene esa falla; quién sabe cuándo y por qué la cruz perdió ese pedazo; él lo recibió así. Quizás lo hicieron así, en un raro alarde artístico. Es el equivalente, en su legado familiar, de la *oreille cassée* de Tintín, ídolo del cual tiene en su estudio una réplica en tamaño natural.

Otro libro que miro (de la pequeña biblioteca frente a mi cama, que se ha revelado inagotable): *Les jardins du délire. Plantes et jardins insolites en Europe*, de Dominique Lenclud.

Dos frases de Magritte:
la primera, publicada en *La Révolution Surréaliste*, 1929: «Todo lleva a pensar que hay poca relación entre un objeto y lo que lo representa»; acompañada por el dibujo de dos casas exactamente iguales; al pie de la primera dice «el objeto real»; al pie de la segunda, «el objeto representado».
la otra: «Lo invisible, es imposible no verlo».

Dos historias de Ana:

Tiene dos hermanos varones, ella es la menor. Cuando eran chicos, su padre llevaba a la familia en el auto a hacer expediciones «siempre un poco culturales». Una vez fueron al castillo de Sade, a ver su tumba (La Roche, cerca de Vaucluse). El padre de Ana, republicano español, debía de simpatizar con el Marqués de Sade, porque es ferviente anticlerical, rasgo que ha heredado su hija: suelta toda clase de improperios cuando ve monjas o curas por la calle, y si van en auto insiste en que Michel los atropelle y les pase por encima. En realidad, sobre la localización de la tumba de Sade hay ciertas dudas. Pero aquella vez, en el parque del castillo, encontraron un templete o mausoleo, en muy mal estado, y decidieron que Sade estaba enterrado ahí. Entre esas ruinas había la base de una columnata de mármol, suelta, y el padre quiso llevársela de recuerdo. Le dijo al hijo mayor que fuera a buscarla, pero el chico tuvo miedo; se lo dijo al segundo hijo, y también tuvo miedo (esto tiene algo de cuento folklórico). Al final se volvió hacia la hija mujer, la más pequeña y la más valiente. Ana siempre terminaba haciendo lo que no se atrevían a hacer sus hermanos, cosa que no me extraña, conociéndola. Se organizaron; subieron todos al auto, lo pusieron en marcha, ella fue corriendo, tomó el trozo de mármol con las dos manos, volvió corriendo al auto, subió, partieron a toda velocidad. Y hasta el día de hoy ese pie de una columna de la tumba del Marqués de Sade sigue en el balcón de la casa de su padre.

Su primo Juanillo, cuando era chico, se encerraba en el retrete a jugar solo, sobre todo con un garaje con estacionamiento y gasolinería, que disponía sobre una banqueta junto al inodoro, y se pasaba horas con sus autitos… en la oscuridad. Porque los tíos de Ana eran gente «muy dejada», y cuando se quemaba una bombita dejaban pasar meses antes de cambiarla. Si se quemaba la del retrete, que no tenía ventanas, el sitio quedaba en la más completa tiniebla. Ana y sus padres iban a visitarlos, y volvían varios meses después, y encontraban la misma bombita quemada. Ellos decían: «Ah, sí… No tuvimos tiempo de cambiarla». Para completar la incomodidad del retrete, además de la oscuridad, estaba tan lleno de juguetes que la puerta apenas si se abría, había que pasar de perfil. Cuando llegaban de visita, la madre de Ana, después de saludar a toda la familia, preguntaba: «¿Y dónde está Juanillo?». Y la madre de Juanillo: «¡Y dónde quieres que esté! ¡En el váter!». Ahí estaba, en efecto, jugando en las sombras.

JUEVES

Amanezco resfriado. Es por el paseo de ayer. Pero Ana, al enterarse:

—¡Chínchate!

Y le grita a su marido:

—¡Michel, tradúcele al francés, así él puede traducirlo al argentino!

Quiere decir, en andaluz: «Te lo mereces». Por dormir con la ventana abierta.

Leo un cuento de Tieck, «Amor y magia». La lección, creo que es ésta: gracias a la amnesia se puede recomenzar todo de nuevo y tener una nueva vida; pero sobre todo se puede recomenzar la misma vida, no otra. Para eso sirve la amnesia, para poder repetir con entusiasmo la única vida que uno puede vivir. Recordando, es más fácil caer en las ilusiones de la renovación.

Ahora bien, eso es lo que dice la lección que deja el cuento; el cuento en sí dice lo contrario. En la literatura no hay amnesia; un cuento no puede recomenzarse a sí mismo. La vida está llena de olvido; no lo hay en la literatura, que sólo puede representarlo, y la representación lo niega.

La última lectura también es alemana, un cuento de La Motte Fouqué. Esta mañana vino Pierre Péju, al que conocí al llegar, y me trajo de regalo varios libros de las colecciones que él dirige (para José Corti y el *Mercure de France*). Es germanista erudito, especializado en el romanticismo, y ha traducido y prologado unas rarezas magníficas. No debe de saber cómo acertó en sus regalos.

Los sueños de un lector siempre se hacen realidad. En eso el lector se diferencia del coleccionista, al que siempre le queda un tesoro inhallable o inalcanzable y debe vivir con esa falta, que en realidad es la que le da sentido y sabor a su vida. Yo parezco un coleccionista pero soy un lector, y he terminado encontrando, tarde o temprano, todos los libros de cuya existencia tuve noticias, aun los más recónditos, aun los que había olvidado que alguna vez quise leer.

Lo de hoy es una prueba. Hace treinta años leí aquel libro de Albert Béguin, *El alma romántica y el sueño*, que tanto nos exaltaba, y sentí la nostalgia de todos esos libros que sospechaba que nunca iba a leer. Con el tiempo fui encontrando algunos; los otros quedaron en promesa, vaga, lejana, y al fin olvidada. Y de pronto, aquí están, todos y algunos más.

La Motte Fouqué, según la introducción, escribió muchísimo, de lo que no se recuerda casi nada. Entre otras cosas, fue estudioso y recopilador del folklore alemán y centroeuropeo; en estas investigaciones debe de haber encontrado este cuento, que es una versión del tema del pacto con el diablo, y la mandrágora. Así se llama, «La mandrágora», que en esta versión es una especie de renacuajo gesticulante metido en un frasco hermético e irrompible, pequeño como un relicario. A su dueño le concede la posesión instantánea de todo el dinero que desee, por supuesto que a cambio del alma. Los requisitos son peculiares: hay que ser el dueño legal del frasquito, para lo cual hay que comprarlo, y, ésta es la clave, para que la posesión sea válida hay que comprarlo por una suma menor a la que pagó su dueño anterior. De ahí resulta que se puede vender, al venderlo, el contrato por el alma se anula, y uno se queda con todo el dinero obtenido durante el lapso de posesión. (Sólo se condenará el que muera en posesión de la mandrágora; es como si el diablo quisiera llevarse una sola alma.) Como se ve, es un negocio muy atractivo, sobre todo porque la única exigencia para sacárselo de encima es cobrar un precio menor, no mayor, al que se pagó.

El protagonista, que es el joven alocado y enamoradizo típico de los cuentos, se lo compra a un desconocido. Éste le explica su funcionamiento y le dice que lo ha comprado por diez ducados; se lo ofrece a nueve. El joven comete la imprudencia de regatear, y termina comprándolo a cinco. Pasa unos años en la abundancia, hasta que empieza a preocuparse por su alma... Lo de siempre. Decide venderlo, pero no es tan fácil. ¿Quién está dispuesto a gastar cuatro ducados en un juguete peligroso, sobre todo en vista del apuro de su dueño por desprenderse de él? Al fin encuentra un incauto. Pero casi de inmediato vuelve a comprarlo, por error, en un paquete de baratijas que le ofrecen por tres ducados. Ahí se inicia un vaivén fatal, que va creciendo en angustia: la mandrágora vuelve a él una y otra vez: la compra borracho, equivocado, por necesidad imperiosa, por despecho, por casualidad...

Y cada vez por un precio menor. Hasta que, en un supremo traspié del destino, la compra por un centavo. Ya no podrá venderla más, porque no hay fracciones de centavo. A esta altura, el joven imprudente de las primeras páginas se ha transformado en un mendigo desesperado, harapiento y obsesivo. Se retira a lo más hondo del bosque, a esperar… ¿qué? No la muerte, la muerte menos que nada, porque significaría su condenación eterna. (Ojo: a la mandrágora no se la puede tirar ni destruir: no vale la pena arrojarla por un barranco, o al río, o a un pozo, porque vuelve mágicamente al bolsillo de su dueño; el único modo de librarse de ella es venderla.)

El desenlace es soberbio: se le aparece en el bosque el desconocido del comienzo (que debe de ser el mismo diablo) y quiere comprarle la mandrágora, la necesita con urgencia, quién sabe para qué. Cuando se entera de que ya se ha llegado al precio mínimo (y ni siquiera él puede infringir las reglas) no se amilana. Le propone la siguiente maniobra: el Rey suele cazar en ese bosque; el diablo le mandará un jabalí *ad hoc* que lo desmontará, y cuando esté a punto de matarlo intervendrá el desdichado ermitaño y lo salvará; el Rey, agradecido, ofrecerá concederle un deseo; y ese deseo será: *que haga acuñar monedas de medio centavo*. Este plan ingenioso se realiza y las cosas terminan bien.

Yo he tratado de escribir cosas así, pero nunca me salieron tan bien. Aquí la invención tiene el pulido perfecto de los relatos populares, el ingenio trascendental de lo que crearon las generaciones, el genio colectivo que destila sólo lo mejor de cada una de las inteligencias individuales que participan, como en la evolución. Un escritor, en el mejor de los casos, puede llegar a un simulacro convincente, y aun así necesita, además de talento, tiempo. Años. Y yo cuento el tiempo en semanas.

El bestiario de Ana:

—una ardilla viene a golpear el vidrio de las puertas de la cocina, y se va sin esperar a que le abran.

—el mirlo, que viene a comer los gusanitos que asoman a la tierra del jardín con la lluvia.

—la salamandra, que se le aparece por las mañanas, pero yo no veo.

—la lagartija, que sí veo, buscando posiciones de adoradora del sol en el vano de una ventana.

—los caracoles, que están devorando sus flores, pero que ella no se decide a matar: tendría que comprar veneno, ponerlo... y después de todo, ellos también tienen derecho a alimentarse.

En cambio a los gatos los expulsa. Son los que matan y devoran a todos los demás. En este rincón tan civilizado del mundo, los gatos son los seres salvajes, intratables, tercermundistas, a diferencia de los perros, tan integrados. Sin embargo, Ana admira a los dos gatitos blancos, gemelos, que juegan en el parque panorámico a la vuelta de la casa.

Última caminata; termino en el cementerio, visito la tumba del doctor Amable, supuesto modelo del «médico de campo» de Balzac; hay dos, idénticas salvo por las fechas, dos tumbas y dos doctores Amables, seguramente padre e hijo. La iglesia del cementerio, un feo paralelepípedo del siglo XI, está cerrada y vacía; por la reja de la entrada espío el interior polvoriento; parece una obra en construcción. Al volver a la casa encuentro a Michel hojeando una revista, y me muestra un artículo: se ha publicado otro tomo de la correspondencia inédita de una musa del romanticismo, que está enterrada en esa iglesia, justamente.[1]

1. Un año después, cuando termino de pasar en limpio estas notas, le escribo a Michel preguntándole el nombre de esa dama, que no anoté en su momento. Me responde: «Marie de Flavigny, *comtesse* d'Agoult. Fue amante de Liszt, con quien tuvo dos hijas (una de ellas, Cósima, se casó con Wagner). Bajo el seudónimo de Daniel Stern publicó unas *Lettres Republicaines*, una *Histoire de la Révolution de 1848*, y una novela a medias autobiográfica, *Nélida* (1846). Fue amiga de George Sand, Chopin, Sainte Beuve, Vigny, Heine. Las editoriales la redescubrieron hará unos diez o quince años y publicaron, en efecto, sus memorias y correspondencia. Qué raro que la novela de Marie d'Agoult tenga un título tan típicamente argentino (Nélida); lo veo como una grata señal más de la extraña red literaria y artística que me rodea en este pueblo. Toda su familia está enterrada en la iglesia románica que conoces, que está encima de nuestra casa, y que sigue perteneciendo a los herederos: no sé si ella también está, o si lo soñé; lo voy a mirar en libros que tengo por acá».

APÉNDICES

I

Uno de los muchos regalos que me mandó Ana por correo durante el año que siguió a mi visita fueron los taumatropos; para mí eran una novedad, pero cuando empecé a mostrarlos resultó que todo el mundo los conocía. Son unos pequeños discos de cartulina, con hilos a los costados; tomando esos hilos con los dedos, se hace girar el disco lo más rápido posible. El disco tiene imágenes de los dos lados, anverso y reverso, por ejemplo un pajarito suspendido en el vacío de un lado, y del otro una jaula vacía; al sucederse muy rápido las dos imágenes, uno ve al pajarito dentro de la jaula. El fenómeno explotado es el de la persistencia óptica: cuando uno ve algo, lo sigue viendo un momento después de que ha desaparecido, y si en ese momento aparece otra cosa, la anterior se le acopla; tanto más si la sucesión de ambas es rapidísima y las dos son casi al mismo tiempo la vieja y la nueva. La ilusión se acentúa si las dos imágenes se complementan y uno está habituado a verlas juntas, o la reunión se explica de un modo u otro, como sucede con el pájaro y la jaula. Hay una especie de pequeño relato, incluidas las bifurcaciones de posibles de todo relato, y la sorpresa del desenlace. El pájaro, flotando solitario en la superficie vacía del disco, es la imagen misma de la libertad, de lo inapresable; del otro lado, fría, cerrada, geométrica, amenazante, la jaula espera; se diría que hay una posibilidad en un millón de que el avecita vaya a parar a su interior; están separados no sólo por lo que simbolizan (la huida, la cárcel) sino por una distancia mucho mayor; el anverso y el reverso de una superficie son dimensiones incompatibles, que no se comunican nunca porque están puestas sobre perspectivas incongruentes.

En las superficies están las representaciones, no las cosas. El papel es superficie pura, sin volumen; está destinado a la representación. Y es superficie de los dos lados (por eso es superficie pura). El papel es apilable (¿o plegable?) y el libro su formato ideal.

Los taumatropos que me mandó Ana eran unos discos de un delgadísimo cartón rígido, color madera; eran facsímiles perfectos de los originales que hizo en 1825 un médico inglés, John Ayrton Paris, con los mismos materiales; los hilitos a los costados eran de fibra de lino, y giraban con gran suavidad entre el índice y el pulgar.

No sé si serían los primeros taumatropos que se hicieron, o los primeros que se comercializaron. Entre ellos no estaba el del pájaro y la jaula, que se me ocurre que debe de haber sido una idea posterior a la idea del medio mismo. El pajarito y la jaula son casi una explicación del taumatropo, su descripción llevada a la máxima simplicidad, útil para hacérselo imaginar a quien nunca ha visto uno, pero el que habla sí tiene que haberlo visto, para poder describirlo.

Cuando nace un medio de expresión nuevo, vale como medio; la expresión viene después. La mayoría se queda en medio. Muchas veces me he preguntado qué debe pasar para que un medio de expresión se transforme en un arte; porque ninguno nace como arte, más bien al contrario, nacen lejos del arte, casi en las antípodas, y es todo un milagro que lleguen a ser un arte. De hecho, de los que aparecieron un poco más acá de la más remota antigüedad, uno solo llegó al estatus de arte pleno, de alta cultura: el cine. La fotografía le anduvo cerca, y sería discutible si llegó o no, pero me parece indiscutible el argumento de que la fotografía no dio un artista que pueda ponerse a la altura de un Picasso o un Stravinsky o un Eisenstein. Y no es cuestión de esperar, porque el pasaje se da en un momento temprano, o no se da nunca. El cine nació como una atracción de feria, y a nadie se le ocurría que pudiera llegar a ser un arte como la pintura o la literatura, como hoy no podemos concebirlo de, digamos, los jueguitos electrónicos tipo Dungeon & Dragons. Alguna vez leí que el que hizo el clic fue Chaplin. Es posible, aunque reconocerlo significaría abonar la desacreditada teoría del «hombre providencial», que yo sostengo a pesar de su descrédito.

Lo importante es el momento justo: el hombre providencial debe aparecer entonces, ni un minuto antes ni uno después. Debe estar cerca de la invención para poder captar en toda su frescura la novedad del medio, su magia: para sentir todavía el contraste entre la inexistencia y la existencia de ese medio. Y no dejar pasar el momento porque sin artista ese medio tomará un camino funcional, empezará a llenar determinadas expectativas de la sociedad, y se hará refractario a los fines del arte. Hay inventos llenos de promesa artística en los que ese momento pasa, y entonces ya nunca hay un arte de ese medio; es lo que pasó con la televisión, que se quedó en electrodoméstico, como el lavarropas o la heladera.

Al cine podría haberle pasado lo mismo que a los taumatropos: quedarse en un encantador juguete, muy fechado, con aroma de época… Se dirá que la comparación no es justa, porque el taumatropo fue un antecedente del cine, y éste estaba destinado de todos modos, con hombre providencial o sin él, a volverse un arte pleno, porque era el estadio final de todos o casi todos los juguetes ópticos que lo precedieron. Pero en realidad no hay estadio final del ingenio humano, y con el mismo argumento podría decirse que el cine fue un antecedente de la televisión… El arte podría haber aparecido en cualquier punto del camino.

Es sugerente pensar qué habría pasado si ese punto hubiera sido el de los taumatropos (o el de las *dissolving views*, o el de los *flip-books*), si los taumatropos hubieran tenido su Chaplin. Ahí se toca, curiosamente, algo inconcebible. Mi imaginación, aun lanzada a su vuelo más desbocado, no logra pensar a este precioso juguete como un arte capaz de expresarlo todo, como la pintura o la música o la literatura o el cine. Y sin embargo es posible. Es inconcebible porque es posible. Eso le da a los taumatropos, lo mismo que a todos los medios que no llegaron a ser arte, su regusto nostálgico de época…

Aun admitiendo que se perdió para siempre la oportunidad, quizás valga la pena preguntarse cómo habría podido llegar a ser un arte el taumatropo. Los que me mandó Ana eran cinco (venían en un elegante sobrecito de papel telado, con flores azules sobre fondo blanco). Uno era una dama Imperio, con los brazos enigmáticamente tendidos hacia la izquierda, las puntas de los dedos metiéndose en el vacío, una sonrisa soñadora en el rostro; al otro lado, un arpa, que al girar el disco caía justo en su lugar: una dama tocando el arpa. Al hacer esta descripción caigo en la cuenta de que el truco tiene también algo de la formación de una frase; de un lado está el sujeto, del otro el objeto, y el giro constituye el verbo (la acción es la acción, se representa a sí misma).

Otro: un barbero, flaco, chistoso, haciendo un trabajo fino con la navaja, de precisión, sobre el vacío; al otro lado el cliente sentado en el sillón, con el babero y las mejillas enjabonadas. De más está decir que al girar se ajustan perfectamente, con toda la precisión que está poniendo el barbero en su trabajo. El efecto está en buena medida ahí, en lo preciso que debe ser el trabajo del barbero, donde cada milímetro cuenta, como también cuentan en la ejecución de la arpista. Llenan las condiciones de una fantasía propia de estas actividades; uno puede preguntarse, con cierta angustia, cómo afeitar a alguien, o cómo tocar el arpa, a distancia, por telecomandos; o cómo tocar un arpa invisible, o afeitar al hombre invisible. La contigüidad resuelve el problema, y la contigüidad es lo que se produce mágicamente en este juego.

Otro muestra a una mujer, que parece una campesina vestida de domingo, sentada en el aire; al otro lado un burro, servicial. Hay una sombra de sonrisa en el rostro de la mujer, como si dijera, una vez que los giros han descubierto la escena completa: «¿Creyeron que estaba levitando?».

Otro, un nido con pichones que abren de par en par los picos hacia arriba pidiendo comida. Del otro lado, la mamá y el papá pájaros que acuden presurosos, con sendos gusanos en el pico. Ésta tiene un elemento temporal que falta en otros; es una comedia en tres actos: en el primero los pajaritos se sienten abandonados, hambrientos, y claman desesperados; en el segundo los padres vuelan transportando la comida; en el tercero llegan y satisfacen a la prole.

El quinto, mi favorito, es una planta en una maceta, ramas y hojas nada más; en el reverso unas voluptuosas flores rojas flotando en una aparente dispersión casual en el espacio vacío. Al girar el disco las flores caen en su lugar en la planta; la planta florece. En cierto modo, es el más imperfecto y previsible. En el anverso, la planta muestra unos feos agujeros en el follaje, y en el reverso esas flores impresas en la nada no tienen mucho sentido. Pero el efecto es doblemente gratificante.

Hay que reconocer que es demasiado poco para hacer un arte. Cualquiera sea la definición del arte, parece exceder las capacidades de este simpático divertimento. ¿O no? No habría que prejuzgar, cuando uno se enfrenta a lo inconcebible. Con cierto esfuerzo, puedo imaginarme un Leonardo del taumatropo, o un Vermeer, o un Duchamp. El problema es que no me atrevo a definir, de modo tajante, qué es un arte. Quizás por deformación profesional, o por autodefensa, lo veo como algo muy grande, muy abarcador, muy eficaz. Y en esa línea llego a algo como una definición: arte es la actividad mediante la cual puede reconstruirse el mundo, cuando el mundo ha desaparecido. Una reconstrucción en detalle, microscópica, sobrenatural en lo que se refiere a reconstrucciones. La clave está en que el mundo desaparezca; y lo hace realmente, todo el tiempo, por acción del tiempo. Pero el tiempo humano es la Historia, que es a su vez una reconstrucción de lo que disipa.

El parpadeo del taumatropo alude a la desaparición y la reconstrucción. Pero no sé si todo un mundo podría reaparecer por acción de estos pequeños discos giratorios. Es como si hubieran quedado demasiado cercanos a su invención; como si no dejaran más que hacer que repetir el gesto de su inventor. Como si fuera un arte unipersonal, como si el arte fuera la invención del arte. Y así es, en realidad. En el arte de verdad el medio sigue siendo medio, vuelve a inventarse cada vez; frente al arte comercializado, en que el lenguaje de ese arte es meramente usado, el arte de verdad muestra una recurrente radicalidad, es un lenguaje que vuelve a plantear cada vez sus condiciones de posibilidad.

De modo que el taumatropo podría ser, así como está, un arte en miniatura con todo el poder taumatúrgico que nos hemos acostumbrado a reclamarle al arte. Salvo por una cosa: en este proceso está entrelazado otro, el de la Historia, que realiza al mismo tiempo su propio juego de sustituciones. Todo lo que he venido describiendo en términos absolutos en realidad es una cuestión histórica. Todos los juguetes ópticos son antecedentes del cine. Y el cine es el único arte que surgió en tiempos históricos. Con las artes pasó lo mismo que con los animales domésticos: todos los que hay, fueron domesticados en algún breve momento del neolítico, y en los miles de años subsiguientes no se logró domesticar uno más. Salvo el cine.

Lo que vino después del cine no tiene chances de volverse arte, porque ya no se sabe cómo funcionan. El cine fue la máxima complicación tecnológica comprensible. Es mecánico. Se puede hacer cine «a mano», como lo demuestran precisamente estos antecedentes, que puede fabricar un niño (en el jardín de infantes hacen taumatropos, y *flip-books*).

Lo que me lleva a fantasear con otra cosa: ¿cuáles fueron los juguetes que precedieron a la música, a la pintura?

¿Cuáles fueron los juguetes maravillosos y conmovedores que anunciaron, toscos e imperfectos, a la literatura? ¡Qué no daría por verlos, por tenerlos! Y quizás los tengo, y no lo sé, y eso hace incurable mi nostalgia.

Una lista incompleta de los dispositivos que precedieron al cine: el último, ya casi cine, fue el mutoskopio, inventado por Herman Castler en 1895; usaba el principio del *flip-book*, en una máquina que se accionaba metiendo una moneda. Antes, en 1878, Emile Reynaud había inventado el praxinoscopio, que era una variación perfeccionada (con espejos) del zootropo: éste lo había inventado William Hornes en 1834. En 1832, Simon Ritter von Staufer, de Viena, inventó el estroboscopio, al mismo tiempo que lo inventaba Joseph Antoine Ferdinand Plateau en Bélgica y lo llamaba phenakisticopio. En 1824, John Ayrton Paris, un médico de Londres, había sacado a la venta y popularizado el taumatropo: pero la invención propiamente dicha de este juguete se le adjudica a un célebre astrónomo, sir John Herschel, lo que es bastante sugerente si uno piensa en lo que es el taumatropo y cómo funciona.

II

SOBRE «LA MANDRÁGORA» DE LA MOTTE FOUQUÉ

Stevenson tomó el argumento para un cuento, «The Bottle Imp» («El geniecillo del frasco»), de 1889, que formó parte del libro *Island Night's Entertainments* (1893). Es exactamente lo mismo (la idea es demasiado buena para hacerle ningún cambio), salvo que ambientado en la Polinesia y con una historia de amor que proporciona el desenlace. Ignoro de dónde lo tomó Stevenson, pero en realidad ignoro también de dónde lo tomó La Motte Fouqué. La transmisión del cuento repite en cierta forma la del talismán del cuento; todos lo reciben, la recepción lo devalúa, y sólo es cuestión de ingenio encontrarle un nuevo dueño; el cuento y el asunto se parecen en que en ambos casos se trata de un objeto eminentemente histórico, pero que no ha tenido origen ni tiene fin.

Stevenson era de la clase de escritores dotados en sumo grado de sensibilidad al valor de la fábula; tanto que no necesitaba inventarla. O mejor dicho, sabía percibir qué fábulas no dependen de la invención para ser originales. Si tomó esa historia que ya había tomado La Motte Fouqué (y quién sabe cuántos otros antes que ellos) fue porque se trataba de una historia adaptable; más que eso, es una historia de la adaptación.

Lo es cada vez más. En el mundo actual, en el 2001, con miles de monedas nacionales cotizándose minuto a minuto en las redes informáticas, y las cuasi monedas que las acompañan (bonos, acciones, etcétera), disponemos de una divisibilidad casi ilimitada, y podría darnos la impresión de que el argumento de la venta del pequeño demonio en el frasco ha llegado a su marco de máxima expansión. En efecto, se diría que hoy un dólar, dando la vuelta a todo el imperio global, puede seguir dividiéndose indefinidamente; y hasta podría dar una segunda vuelta, y una tercera, y cuantas fuera necesario, alimentadas por devaluaciones, crisis, cambios de denominación… Pero podría ser una impresión ilusoria, la misma que puede haber alentado cualquier otra época, por ejemplo la Europa napoleónica de La Motte Fouqué o el Oriente colonizado de Stevenson. Después de todo, toda época es el fin de las eras precedentes, las sintetiza y expresa, y esa ilusión de término y fin es el testimonio visible de la adaptación, de modo que no puede sorprender que un cuento se adapte a la perfección al presente.

(En los meses que pasaron desde mi estada en Voreppe, Francia cambió de moneda. Ya entonces lo venían previendo. Recuerdo un gran cartel que había en la ruta a Grenoble: «Tu última Navidad en francos». El consumismo institucionalizado puede hacer las veces de mandrágora o demonio en el frasco. La salvación se paga siempre menos. Michel se quejaba de que hubieran hecho billetes de quinientos euros, y no le faltaba razón porque deben de ser bastante incómodos; al parecer los hicieron por insistencia de los alemanes, a los que les gusta manejarse en efectivo aun para las transacciones grandes. Como se ve, todo sirve a la adaptación del cuento.)

Pero no cualquier cuento. No sé si habrá una categoría especial, los «cuentos de contrato»; también podría ser que todas las historias, todos los argumentos posibles, estén basados en un contrato o acuerdo previo. De hecho lo están, si pensamos que es necesario disponer de un lenguaje o una cultura común para que los personajes puedan entenderse y su interacción tenga sentido. Pero hay historias en que el pacto es la historia misma; y por algún motivo en esas historias aparece el diablo como operador. También podría ser Dios, o un dios o diosa o cualquier ser sobrenatural. Bastaría con que tuviera el poder necesario sobre el destino como para poder ofrecer algo que valga la pena, y para poder cobrarlo después, sin que a su deudor le valgan huidas o escondites. Que sea el diablo puede deberse a la relación intrínseca de cristianismo y capitalismo o a que el diablo del dios cristiano representa al Mal abstracto de la razón y por ello puede adoptar todas las formas y adaptarse a todas las circunstancias de la Historia.

Los contratos de venta del alma al diablo son participativos por esencia: procedimientos para soñar. Es inevitable que uno se pregunte: «Qué haría yo». Como hechos, ya son relatos; y por lo mismo, nunca son «hechos», nunca suceden en la realidad. El pacto es el verosímil del fantaseo diurno, su precio; se paga con el alma, y con la eternidad del alma, es decir con la misma totalidad subjetiva con la que se hace el cálculo.

El libro que llega más lejos en el pasaje del fantaseo diurno a la literatura es *Adriano VII* del Barón Corvo. Al menos de los que he leído; pero parece difícil ir más lejos dentro de las premisas, porque se trata justamente de «qué haría yo, si fuera papa». Si hay que buscar otros ejemplos, un poco al azar de la memoria, mencionaría *La nube púrpura*, de M. P. Shiel (qué haría yo si me quedara solo en el mundo). A partir de esas dos novelas se podría hacer una caracterización general provisoria del subgénero «fantasía diurna»: novelas largas, excéntricas, obras maestras de segunda línea, definitivamente minoritarias o secretas; absorbentes, pero al mismo tiempo incómodas de leer por una cierta gratuidad o arbitrariedad, como si confrontaran en exceso (más de lo que la literatura admite en términos normales) la subjetividad del autor y la del lector. En estas dos novelas falta la «vuelta», el precio, que sí tienen los cuentos clásicos de pacto con el diablo. Ese pago los hace breves (cuento contra novela) y les da una necesidad que tranquiliza al lector. La novela de fantasía diurna sería un desarrollo histórico del cuento de la venta del alma. Pero éste a su vez tiene algo de anacrónico: el pacto se hace a expensas de la creencia, en un marco compartido de creencia, pero se lo escribe cuando ya no se cree. Los románticos alemanes ponían en escena una Edad Media cristiana en la que el diablo se daba por sentado; pero la escena misma del pacto era ficción. Si uno cree en Dios, está autorizado para creer en la realización de los deseos. Caso contrario, lo escribe. La Motte Fouqué lo verosimilizó como cuento folklórico, Stevenson como *entertainment* nocturno. El diablo, a punto de caer, es la última salvaguarda antes del desencadenamiento de la novela como acumulación insensata de invenciones circunstanciales; a partir de entonces, la culpa se refiere sólo al «tiempo perdido».

Dos cosas me han asombrado siempre en estos cuentos. Una es que el diablo se limite a este método artesanal individualizado para ganar almas. Aun suponiéndole una omnipresencia similar a la de Dios (y no hay por qué suponerla) da la impresión de que pierde demasiado tiempo con un solo hombre, y descuida a todos los demás. Esto queda acentuado por el prurito profesional de los escritores, que se limitan a un solo cuento, a una sola alma, cada uno. (El tema del pacto con el diablo es de los que no pueden repetirse.) Si el monoteísmo impone un solo diablo para toda la humanidad, lo lógico sería que el diablo ideara un sistema masivo de tentación, alguna clase de «contrato social» en el que se jugara una nación entera, o una clase social, o al menos una corporación. Y no puede decirse que el caso individual es simbólico y representativo, porque toda la gracia del cuento se juega en las circunstancias individualísimas con que se resuelve. Es como si todo tendiera a demostrar precisamente que esa historia no es generalizable; que si las demás lo son, ésa no.

Si a uno le ofrecen la realización de un deseo, elegirlo puede ser un problema. A partir de cierto momento histórico, el problema se disipa porque hay un deseo que engloba la realización de todos los demás: ser rico. Para llegar a esta simplificación la sociedad tuvo que hacer ciertas maniobras… En ese deseo único hay una generalización, sobre la que viene a injertarse la particularidad exacerbada de la fantasía diurna.

Mi segunda perplejidad es accesoria a la primera. El diablo es el que impone las condiciones, el que ha inventado el juego, el que toma la iniciativa… Y aun así, muestra un asombroso escrúpulo de «juego limpio», a tal punto que sus reglas dejan el resquicio justo como para que se lo derrote, que es lo que pasa habitualmente. Hay una falla lógica ahí. No es enteramente Malo como debería ser; parece como si quisiera ser derrotado, o por lo menos como si quisiera que el contendiente tenga las mismas chances que él; como si no le importara tanto el resultado como la partida. Seguro de sus fuerzas, da ventajas, casi llega a jugar en contra, y termina siendo más bueno que los buenos.

Otro romántico alemán, Von Chamisso, exploró en su obra maestra, *Peter Schlemil*, una posibilidad especialmente literaria del tema: la extrañeza caprichosa del contrato. Aquí el diablo no cobra el alma, sino la sombra. La sombra, nada más, a cambio de toda la riqueza que pueda desearse. Parece una ganga, porque ¿de qué sirve la sombra? Y sin embargo, el ingenio del autor hace que Peter Schlemil termine queriendo recuperar su sombra a costa de todas sus riquezas. A mí se me ocurrió una vez escribir un nuevo *Peter Schlemil,* en que el precio que pide el diablo no fuera la sombra sino algo más peculiar todavía, más específico, más secreto (o sea, más ganga): el olor de los excrementos. «Tendrás toda la riqueza que puedas querer, a cambio de una sola cosa: que tus excrementos no tengan olor.» El protagonista lo pensaba medio minuto, y aceptaba. Se iba a instalar a la mejor suite del Ritz... Pero se habría necesitado mucho más ingenio del que tengo yo para dar vuelta a las cosas y hundirlo en la desesperación.

Sea como sea, es ficción. Son todas ficciones de indigentes. La prosperidad revela su condición de ficción. En la prosperidad, uno puede tener todos los juguetes que quiera. Y entonces, ¿para qué ser rico? El secreto de nuestra época, la clave que descubro releyendo estas páginas de diario, es que todo lo que tenían los ricos en los siglos que nos precedieron hoy es posible tenerlo como objeto representativo, y la exaltación de la riqueza y el lujo se ha desprendido de la propiedad, para volver a ser una rama del arte. Lamentablemente, sigue siendo necesario ser rico.

III

Michel tiene en marcha desde hace años una investigación sobre la escritura en colaboración, y gracias a él me he enterado de la existencia de muchos dúos más o menos bien avenidos, oficiales o clandestinos, voluntarios o no. Es un recorte muy peculiar en el corpus literario, muy imprevisible, porque cubre todas las épocas, las naciones, los géneros: siempre ha habido libros escritos por más de un autor. En el campo de los estudios literarios el recorte lo es todo. Habría que hacer una investigación sobre el tema. Alguna vez yo pensé en hacer un recorte sumamente arbitrario, de modo de reunir autores que tuvieran algo en común y no se los pudiera reunir por ningún otro motivo, pero que ese motivo arbitrario sí los reuniera, y que esa reunión permitiera encontrar rasgos comunes que no habrían aparecido de otro modo. Por ejemplo escritores muertos a consecuencia de un accidente de tránsito, hecho fortuito por excelencia del que resultaría la reunión de Mario Praz, Albert Camus, Denton Welch, Oliverio Girondo, William Congreve, Roland Barthes... Seguramente hay más que ahora no recuerdo. Por supuesto, lo arbitrario nunca es del todo arbitrario; pero el recorte por nacionalidades, o por escuelas, está a priori más justificado, y se puede avanzar por el camino de la justificación acumulando motivos de reunión, por ejemplo haciendo el recorte por nacionalidad (francés), sobre ése haciendo otro por época (segunda mitad del siglo xix), por género (novela), por escuela (naturalista). El extremo de estos recortes sucesivos sería un solo autor; pero un paso antes de llegar a ese extremo, ya al borde de llegar... habría dos autores escribiendo juntos un mismo libro. Al hacer sólo ese recorte y ningún otro, Michel se remonta al máximo de determinación a la vez que queda libre de todas las determinaciones, porque es imposible decidir de antemano dónde y cuándo se dio una escritura en colaboración. Igual que en los accidentes de tránsito, en las colaboraciones hay algo muy arbitrario; depende de las circunstancias; aun el autor que parezca más irreductiblemente aislado, digamos un Kafka, podría haber escrito en colaboración si hubiera encontrado el socio adecuado, en la ocasión adecuada. (Y ahora que me acuerdo, Kafka, al que mencioné al azar, tuvo un proyecto de libro en colaboración, con Max Brod si no me equivoco, un diario de viaje.)

Sé, porque me lo contó, que Michel ha hecho una inteligente clasificación de los distintos tipos de colaboración, y ha encontrado constantes, y su investigación podrá echar luz sobre hechos muy esenciales de la literatura. Siguiendo este hilo ha leído libros rarísimos, olvidados, ha explorado rincones insólitos de la obra de escritores famosos... Casi podría pensarse que el proyecto es una buena excusa para seguir leyendo allí donde se agotan las bibliotecas; los lectores también hacen recortes, y el placer que obtienen está en buena medida en relación directa con la habilidad con que hacen el recorte. Meticuloso y exhaustivo como es Michel, sé que van a pasar años todavía antes de que pueda leer su libro: además, lo está escribiendo en colaboración con un amigo, y eso impone un ritmo especial, un ritmo con la postergación incorporada.

Por otro lado, encuentro una cierta coherencia en su elección. Lo mismo que los objetos de su casa, los libros escritos en colaboración tienen de por sí una cierta extrañeza. El gesto mismo de la colaboración implica una renuncia a la subjetividad exclusiva a la que parece obedecer la decisión de escribir. El resultado es un objeto; o tiene la extrañeza fascinante de un objeto…

Una de las colaboraciones que tiene en carpeta es la de Julio Verne y su hijo Michel. Cuando estuve en su casa me mostró las ediciones que se han hecho recientemente de las novelas póstumas de Verne, devueltas a su estado original, pues hasta ahora se las había conocido en las versiones reescritas por el hijo, a gusto de los editores. Compré, y traje a Buenos Aires, y leí meses después, una de ellas, *Le Sécret de Wilhelm Storitz*, que tiene algo muy extraordinario.

En sus últimos años de vida Verne probó de salir de la receta bastante rígida en la que había producido el grueso de su obra, los «Viajes extraordinarios» para la juventud, que lo hicieron rico y popular. Como muchos autores ricos y populares, quería ser apreciado también por sus méritos literarios, de los que inevitablemente un escritor se hace una idea errónea. Así fue como abordó temas más «adultos» y enfoques menos didácticos. Uno de esos intentos fue *El secreto de Wilhelm Storitz*, cuyo manuscrito está fechado entre el 17 de abril y el 23 de junio de 1898; sigue una línea fantástica, de «hombre invisible», y es muy probable que se haya inspirado en Wells, cuya novela había aparecido el año anterior. En 1901 hizo una exhaustiva corrección, y después de varios anuncios que indican el interés que tenía en la publicación de esta novela, y las esperanzas que ponía en ella, se la envió al editor el 5 de marzo de 1905, dos semanas antes de su muerte. El editor era Jules Hetzel, hijo de Pierre-Jules Hetzel, creador de la colección de los «Viajes extraordinarios» y copartícipe del éxito de Verne, al que había contribuido en no poca medida. Jules Hetzel vaciló largo tiempo sobre este manuscrito, y terminó pidiéndole cambios a Michel Verne, el hijo del escritor, que ya había colaborado con su padre en vida, y después de su muerte se encargó de terminar los proyectos incompletos y preparar para su publicación los inéditos. *El secreto de Wilhelm Storitz* no fue el único de los inéditos que sufrió cambios sustanciales. Respecto de esta novela, el editor parece haber temido herir susceptibilidades religiosas, y para hacerla más inofensiva mediante la distancia exigió que la acción fuera trasladada de la época contemporánea en que estaba situada originalmente al siglo XVIII. De mala gana, Michel Verne cumplió el encargo, y fue más allá todavía en la neutralización de lo inquietante que pudiera tener el asunto haciendo reaparecer a la heroína al final. Así fue como se publicó la novela, y así se la leyó durante un siglo, hasta que, entre 1985 y 1989, la Société Jules Verne llevó a cabo la publicación de las versiones originales, de ésta y otras cuatro novelas póstumas (*La chasse au météore*, *En Magellanie*, *Le beau Danube jaune* y *Le Volcan d'or*).

Hoy día, es preciso hacer cierto esfuerzo para percibir lo transgresivo de la novela, que suena tan inofensiva y juvenil, por no decir infantil, como cualquier otra de sus más famosas fantasías. Pero vale la pena hacer ese esfuerzo, porque como ya dije, *El secreto*... tiene algo extraordinario, aun a la luz de Wells, y de Hoffmann y Poe, que son puestos explícitamente en el lugar de modelos. La recompensa, lo «extraordinario», está en las últimas cuatro o cinco páginas, y a las doscientas anteriores se las podría calificar sin descortesía de pérdida de tiempo. Hago una sinopsis del argumento:

El narrador en primera persona, Henri Vidal, un correctísimo ingeniero francés, tiene un hermano, Marc, pintor retratista, que se ha ido a Hungría, y desde una ciudad del sur de este país, Ragz, le escribe para decirle que se ha enamorado, y piensa casarse. Henri viaja, y conoce a la novia, la bella y virtuosa Myra Roderich, a su padre, el rico y prestigioso doctor Roderich, a la madre y al hermano militar de Myra, el pundonoroso capitán Haralam. Los novios se adoran, la familia quiere a Marc y simpatiza con Henri; los hermanos Vidal son huérfanos, el mayor es el jefe de familia, y por supuesto da su aprobación a la boda. La única nube que empaña este panorama es que a Myra le ha aparecido intempestivamente un pretendiente al que ella ni conoce ni mucho menos toma en consideración, Wilhelm Storitz, un alemán, «hijo del químico del mismo nombre […] un sabio muy conocido por sus descubrimientos fisiológicos […] muerto hace unos años». Feo, huraño, inquietante, este sujeto se le presenta al doctor Roderich a pedir la mano de su hija, y no acepta la negativa. Decidido a toda costa a casarse con Myra, con la que está obsesionado, les declara la guerra a los Roderich, y empiezan a suceder cosas extrañas. Se comenta que el padre de Wilhelm Storitz al morir le ha dejado a su hijo la fórmula de un importante descubrimiento científico, que no se sabe cuál es. Los atentados culminan en la iglesia, el día de la boda de Marc y Myra: una voz interrumpe la ceremonia, una mano invisible arranca el velo de la novia, hace volar los anillos, profana las hostias… Como ya algunos personajes (y lectores) venían sospechando, el secreto de Wilhelm Storitz es la fórmula de la invisibilidad. Aquí se confirma. Myra sufre una conmoción y es trasladada a su casa y puesta en el lecho. El pueblo entero se lanza a la persecución del agresor invisible, y en medio del tumulto consiguiente Myra desaparece; se la supone secuestrada, por lo que la persecución arrecia, y al fin, en un curioso duelo, el capitán Haralam mata de un sablazo a Wilhelm Storitz, que al morir se hace visible. Myra sigue sin aparecer.

A la noche de ese largo día, la familia desesperada se encuentra en el salón elucubrando estrategias para dar con la novia perdida, cuando se oye la voz de ésta en la escalera, preguntando a qué hora sirven la cena… La horrible verdad sale a la luz: en algún momento de la tarde Wilhelm Storitz se ha introducido en la casa y le ha aplicado a Myra la fórmula secreta, haciéndola invisible. Mientras la creían secuestrada, ella seguía en la cama y no se la veía. Y ahora es invisible, y el único detentador del secreto de la fórmula, y de su antídoto, ha muerto. Ella quedará así.

Ahí vienen esas últimas páginas que valen por todo el libro: la familia convive el resto de su vida con la mujer invisible; la situación es peculiar sobre todo para el marido. No se dice si tuvieron hijos. Se dice muy poco en realidad, hay apenas un atisbo de las costumbres de la casa, de la organización de la familia, su adaptación a ese «centro vacío» que es la mujer invisible.

En esta valoración relativa del cuerpo de la novela y su final, o más bien de la idea a partir de la que se la escribió, y el resultado, encuentro algo que suele pasarme con Julio Verne: la impresión de que yo habría podido «hacerlo mejor». Una impresión seguramente ilusoria, que puede provenir del tiempo, del siglo que me separa de Verne, o del carácter popular, o juvenil, de sus novelas. O bien es como si Julio Verne se ajustara a las normas de esa cortesía que Borges le atribuye a un escritor imaginario (y que sería incorrecto llamar «cortesía borgeana porque él no la tuvo), de darle una realización imperfecta a una idea especialmente buena, como para que el lector quede con la impresión de que él podría haberlo hecho mejor. En este caso encuentro tres fallas principales: 1) durante tres cuartas partes de la novela no pasa nada, se hace tiempo; todo eso podría haberse reducido a diez o veinte páginas, hasta que «aparece» el hombre invisible, y aun eso es prolegómeno a lo que verdaderamente cuenta, que es la novia invisible; 2) lo verdaderamente interesante no está en el cuerpo de la novela sino en lo que sugieren las últimas páginas; de modo que no sólo habría que condensar, sino invertir, hacer la novela de la esposa invisible, y todo lo anterior, la historia de Wilhelm Storitz y su secreto, sería un mero apéndice genealógico o explicativo; 3) de lo anterior se deduce otra falla a corregir, la del punto de vista: habría que pasar al de Wilhelm Storitz; todos los demás personajes, todos sin excepción, son insoportablemente buenos y correctos, burgueses conformistas del lado de la ley; el «maldito», el único personaje con posibilidades poéticas y novelescas, queda en hueco, y se necesitaría muy poco (casi se hace solo, lo hace el lector por un impulso natural) para pasar a su lado.

Las tres fallas están señalando características de la novela popular o de entretenimiento, tal como existía antes de Verne, tal como él la llevó a su máxima eficacia y, de ahí, tal como se la sigue escribiendo hoy. 1) Hay una necesidad de la forma «novela», y a ella hay que adaptar, en este caso forzadamente, una materia que se habría visto mejor servida con un formato distinto. La adaptación forzada se hace con catalizaciones turísticas, o en todo caso geográficas. El empleo del tiempo es didáctico. 2) La historia se cuenta del comienzo al fin, tal como la vive el testigo neutro que es el más servicial para con el lector. Eso impone una marcha lenta, pesada, y el peso impide la agilidad necesaria para las inversiones de la magia con que el gusto moderno ha llegado a identificar la literatura. El novelista popular no puede reacomodar su materia como mejor le convendría. 3) El mismo orden se impone en la valoración de los personajes o la historia. El compromiso ético con el lector medio, el lector de este tipo de novelas, impone un tono que repugna al artista.

Las dos inversiones que haría yo si tuviera que reescribir esta novela (la materia argumental y el punto de vista) estarían justificadas hasta cierto punto porque lo bueno de la idea de Verne deriva precisamente de una inversión: el «hombre invisible» de Wells se vuelve «mujer invisible» y ahí está ya todo el mérito, la sugerencia. El hombre se desplaza por la ciudad, va a buscar aventuras, su invisibilidad puede servirle para obtener diversas ventajas. La mujer está en la casa, la invisibilidad doméstica es fuente de ensoñaciones por completo divergentes de las del hombre, e igualmente ricas. (Hay que reconocer que la inversión, la mera inversión mecánica de poner las cosas «patas arriba», está en la raíz de casi todas las buenas ideas literarias.)

Ahora bien, retrocediendo un paso y considerando más en general esa fantasía de reescritura, me pregunto si no estará ahí la clave del éxito de la literatura para la juventud. Una cierta imperfección, un desnivel entre la idea y su realización, que le permita al lector encarnar el papel del creador. La lectura apasionada de los jóvenes suele ponerse bajo el signo de la «identificación», pero esto sugeriría que más allá de la identificación con los personajes, y potenciándola, habría una identificación con el autor. Creo que es bastante lógico.

Quizás eso explique que la novela popular haya tenido su Edad de Oro, de la que Julio Verne es el mejor representante; y que esa Edad de Oro ya haya pasado. Verne, contemporáneo de Flaubert, pudo operar con la imperfección de un género que nacía, de un modo que no puede hacerlo un novelista popular hoy, cuando la tecnología de la novela está al alcance de todos.

De eso se trataría entonces la «colaboración», o un más allá de la colaboración. Y yo empezaría a explicarme las preferencias de mi amigo Michel por la literatura juvenil, por el folletín de época, etcétera.

Es curioso cómo en la historia de esta novela abundan los hijos: el hijo de Verne, el hijo de Hetzel, el hijo de Wilhelm Storitz. El hijo como heredero, que completa la obra del padre, y en los tres casos la completa mal. El título de la novela apunta en esa dirección: lo que se hereda es un secreto, pero al mismo tiempo el que muere se lleva a la tumba su secreto: en esa contradicción hay una ambigüedad muy propia del escritor. Todos los escritores se llevan su secreto a la tumba, y al mismo tiempo dejan la solución a la vista…

En cuanto al título: no sé si será invención de Verne: al parecer él se aferró hasta el final al título que había venido con la idea original (lo que confirma que ésa era la idea): *La novia invisible*. Fatal error, a corregir necesariamente, pues es de esos títulos que anuncian el final (como esa novela policial llamada *La monja asesina*).

Para terminar, vuelvo a la esposa invisible; si estaba al comienzo, está al final. Es ese final lo que vuelve a la historia una historia de amor. Porque si el amor siempre es igual, las historias de amor siempre tienen que ser nuevas. «Nunca vistas.» Y aquí la novedad se incorpora a la historia. La amada invisible, el último objeto decorativo de una casa.